Gerhard Steinlechner

Begehren

Roman

Bibliografische Information der Deutschen Nationalbibliothek:
Die Deutsche Nationalbibliothek verzeichnet diese Publikation in der Deutschen Nationalbibliografie; detaillierte bibliografische Daten sind im Internet über http://dnb.dnb.de abrufbar.
© 2020 Gerhard Steinlechner
Alle Rechte vorbehalten.
Herstellung und Verlag: BoD – Books on Demand, Norderstedt
ISBN: 978-3-7504-3477-6

For a dreamer lives forever
And a toiler dies in a day

John Boyle O'Reilly,
"The Cry oft he Dreamer"

Adam Klein kommt hier nicht weg. Jedenfalls nicht so, wie es bisher schon so oft möglich war. Frau Brandner, Evas Mutter, ist müde geworden und will nach Hause gebracht werden. Sein Angebot, dies zu tun, wird von ihr, im Gegensatz zu den vergangenen Zusammenkünften, dankend abgelehnt, da heute David, Evas Ehemann, dafür zuständig sei. Auch Eva hält Adam dieses Mal am Arm zurück. Er soll ihr beim Aufräumen helfen. Diesmal ist keine Flucht möglich.

"Du warst bisher immer so schnell weg, heute bleibst Du da", sagt sie, als er versucht den allgemeinen Aufbruch zu nützen, um sich ebenfalls zu verabschieden.

Maria, ihre Tochter, ist der Anlass für die Zusammenkunft. Sie, die nur Ria genannte werden will, feiert heute ihren vierten Geburtstag, zu dem auch Adam eingeladen wurde. Sie drängt sich im Getümmel des Abschieds zwischen die Erwachsenen und will unbedingt mit der Großmutter und dem Vater mitfahren.

"Morgen ist Sonntag", stellt Ria mit Nachdruck fest, als sie auf den fortgeschrittenen Abend hingewiesen wird, "da kann ich ausschlafen, weil ich nicht in den Kindergarten gehen muss, und außerdem bin ich noch gar nicht müde."

Da steht sie in ihren roten Stiefeln und der in vielen Neonfarben leuchtenden Jacke. Sie erhält die gewünschte Erlaubnis. Adam jedoch wird am Unterarm zurückgehalten. Er muss bleiben.

Nach der Abfahrt sind sie für zumindest eine Stunde allein, welche die Hin- und Rückfahrt dauern wird, so

Vater und Tochter nicht noch von Evas Mutter aufgehalten und in die Wohnung hineingebeten werden, um sich etwas Neues oder Wichtiges anzusehen. Das war bisher immer so und dem entkommt man nur selten.

Eva beginnt die gebrauchten Teller und Gläser zusammenzustellen, um sie anschließend in die Küche zu tragen, während Adam in der Küche den Geschirrspüler ausräumt, der die erste Fuhre bereits gereinigt hat. Er findet sich schnell zurecht und kann das saubere Geschirr am dafür vorgesehenen Ort unterbringen. Die Küche ist praktisch organisiert und gleichzeitig auch ein gut ausgestatteter Kräutergarten für die Küche und zur Linderung kleinerer alltäglicher Leiden. An den beiden großen Fenstern stehen zusätzlich blühende Pflanzen. Eva hat ihre wachstumsfreundliche Hand nicht verloren.

Adam spült eine Pfanne, als ihn Eva dazu auffordert den Lauf des Wassers abzustellen und sich mit ihr ins Wohnzimmer zu setzen.

Sie blickt ihn an.

"Danke, dass Du geblieben bist."

Adam sieht zum Fenster.

"Es fiel mir nicht leicht, Deinem Wunsch nachzukommen und nicht mit den Anderen zu gehen."

Langsam hebt er seinen Blick. Lange Zeit hatte er es unterlassen, sie so genau zu betrachten. Nach dem Sommerurlaub mit der Familie in Griechenland ist ihre Haut bronzen getönt, das dunkelbraune Haar an einigen Stellen blond geworden und, wie er es seit vielen Jahren kennt, halblang geschnitten und hinten zu einem Dutt gebunden. Eva ist gereift und eine schöne, erwachsene Frau geworden. Er sieht ein ausdrucksstarkes Gesicht, in welches das Leben noch wenige Kerben geschlagen hat. Ihrem Körper ist die Geburt eines Kindes nicht anzusehen. Kann es sein, dass sie sogar noch Zeit für regelmäßiges, sportliches Training findet?

Viele Jahre vermied Adam erfolgreich derartige Situationen und flüchtete nach Familienzusammenkünften bei der frühesten sich bietenden Gelegenheit, mit den ersten aufbrechenden Besuchern. Bis dahin hatte er die Familientreffen ausnahmslos gemieden. Mit der Geburt des Kindes wäre es auffällig gewesen, ständig eine Ausrede für seine Abwesenheit zu erfinden. Gleichzeitig ist er auch neugierig geworden, mit eigenen Augen zu sehen, wie diese Familie ihr Leben gestaltet und wie sich Evas und Davids Kind entwickelt, ein Mädchen, das ebenso attraktiv zu werden verspricht, wie es Eva ist. Anna, seine Schwester, hatte ihm wiederholt von den neuesten Entwicklungen berichtet, doch war ihm das zu wenig geworden.

Mit David, Evas Mann, hatte Adam in früheren Jahren ein sehr gutes, persönliches Verhältnis gehabt. In den Monaten, die er damals, nach dem Tod seiner Frau, bei der Familie seiner Schwester wohnte, unternahmen sie viel miteinander und Adam hatte manches Mal den Vater ergänzt, der in dieser Zeit um das wirtschaftliche Überleben seiner Firma kämpfen musste. Adam waren die Zoobesuche und Aufenthalte auf Kinderspielplätzen eine willkommene Ablenkung von seinen trüben Gedanken gewesen. Als Adam wieder in der eigenen Wohnung lebte, hatte sich der Kontakt sogar intensiviert. Immer wieder blieb David über Nacht, sie besuchten Museen und führten während seines Heranwachsens lange nächtliche Gespräche über das Leben, die Welt und Gott. David war ihm eine Art Wahl-Sohn geworden. Als er älter wurde, seinen Freundeskreis gefunden hatte und zu studieren begann, lockerte sich das Verhältnis und sie trafen sich nur noch anlässlich der Familientreffen.

Nachdem Eva und David Eltern geworden waren, machten Adam die kurzen Besuche in Evas Familie allmählich Freude und der Einblick in ihr Familienleben nahm ihm die Sorgen, die er sich anfangs, aufgrund seiner eigenen Geschichte mit Eva, gemacht hatte. Das erleichterte es ihm nachzugeben, als ihn Eva heute darum bat, länger zu bleiben und ihr beim Aufräumen der Küche zu helfen.

"Dein Zögern habe ich schon wahrgenommen, als ich Dich zum Bleiben aufforderte, aber Du musst keine Scheu mehr davor haben, mit mir allein zu sein."

Adam wendet sich um und sieht, dass sie zwei Gläser und eine schon geöffnete Flasche Weißwein in der Hand hat. Er fühlt sich wieder unbehaglich und will nichts wie weg.

"Bist Du Dir da sicher?", fragt er zögernd.

Sie schenkt die Gläser zu einem Drittel ein. Adam will das angebotene Glas zurückweisen, aber Eva hebt schon ihres, um anzustoßen.

"Ja. Ganz sicher. Du darfst auf alle Fälle noch ein Glas trinken, um fahrtüchtig zu sein. Wir haben in drei Stunden zu viert eine Flasche Sekt getrunken. Das war nicht viel."

Adams Unsicherheit bezog sich zwar auf ein anderes Thema, doch unterlässt er eine weitere Nachfrage. Jeder trinkt einen Schluck, ehe Eva bemerkt:

"Ich suche schon länger eine Gelegenheit, um mit Dir allein zu sprechen. Jetzt ist sie endlich da."

Vergeblich versucht Adam seine verkrampfte Sitzposition zu ändern.

Eva setzt fort: "Du kannst Dir vorstellen, dass ich damals nicht wusste was ich tun soll, als ich bemerkte in welche Situation ich geraten war. Mein neuer Freund war Dein Neffe. Das war zum Davonlaufen! Deine Zurückhaltung war sehr hilfreich. Anfangs wusste ich gar nicht wie ich, nein, wie wir damit zurechtkommen können, ohne bei einem von uns dreien große Schmerzen zu verursachen."

Adam beugt sich vor als er sagt: "Ich habe Euch beide sehr gerne und wollte Eurer Beziehung in keiner Weise im Wege stehen."

Eva lächelt.

"Das war damals nicht der Fall und das tust Du auch heute nicht. David und ich haben eine gute und vertrauensvolle Ehe. Ich habe ihm schon früh von unserer Freundschaft erzählt, die damals beendet schien. Du bist mir ausgewichen und mir war dies ganz recht. Ich hätte nicht gewusst, wie ich über meine Gefühle hätte sprechen können. Mir war klar geworden, dass ich mit Dir nicht dorthin kommen konnte, wo ich hinwollte. Ich habe erst später von Eurer Verwandtschaft erfahren."

"Damals habe ich in der Stadt zufällig gesehen, wie Ihr Euch zur Begrüßung umarmt und geküsst habt. Ihr wart so zärtlich zueinander. Da wusste ich, dass es an der Zeit war, mich ganz zurückzuziehen."

Adam hatte seiner Schwester Anna kein Wort von der gemeinsamen Geschichte mit Eva erzählt. Durch seine Kontakte mit ihr und sein für sie nachvollziehbares Interesse an Davids Leben, war er über die Entwicklungen gut informiert gewesen, ohne seine Neugierde erklären zu müssen. Auf diese Weise hatte er auch erfahren, dass Eva zunächst ihren Schulabschluss und damit die Berechtigung zum Studium an der Universität nachgeholt hatte. Anschließend begann sie das Studium der Botanik und steht nun kurz vor dem Abschluss.

"Ich habe gehört, dass Du Dein Studium abschließen wirst. Darüber freue ich mich sehr."

"Du hattest mir damals diese Idee in den Kopf gesetzt, deren Verwirklichung mir dann leichter fiel, als ich gedacht hatte."

Adam erinnert sich an das Gespräch.

"Du bist klüger, als Du es Dir damals zutrautest. Es ist schön, dass es Dir gelungen ist und Du kannst auf diese Leistung stolz sein."

Eva lächelt und schüttelt den Kopf.

"Es ist noch nicht ganz geschafft. Bitte wecke keine bösen Geister, indem Du ein noch nicht eingetretenes Ereignis lobst. Auf Wunsch meines Professors muss ich meine Abschlussarbeit nochmals überarbeiten und in einer korrigierten, oder besser gesagt, ergänzten Fassung abgeben. Dann folgen die Schlussprüfungen, die ich auch erst bestehen muss. Gut, die schriftliche Arbeit ist schon durch. Der Professor hat bei der Besprechung nur angemerkt, dass ich, so ich eine sehr gute Beurteilung wolle, noch einen bestimmten Aspekt in meiner

Argumentation detailreicher ausführen müsse. Ehrgeizig, wie ich inzwischen geworden bin, erfülle ich ihm, und auch mir, diesen Wunsch."

"Diese viele Arbeit neben dem Kind, das ist schon eine große Leistung."

Eva wiegt zweifelnd den Kopf.

"Nicht nur meine. Ria ist ein sehr umgängliches Kind. Sie kommt mit anderen Kindern gut zurecht, so können sich mehrere Mütter, die wie ich kleine Kinder haben, die Tagesbetreuung der Kleinen aufteilen. Und dann ist da natürlich David, der mich sehr unterstützt und das Geld erarbeitet, das wir zum Leben brauchen. Ich musste nach der Karenz nicht mehr in die Arbeit zurückkehren. Anders wäre es sicherlich nicht möglich gewesen."

Adam sammelt allen seinen Mut und stellt eine Frage, die ihn schon lange Zeit beschäftigt: "Hast Du David von uns erzählt?" und als sie nickt, "was sagte er dazu?"

"Er war erst erstaunt, fragte dann aber nur danach, ob wir miteinander geschlafen haben und ich habe die Wahrheit gesagt. Das war ihm genug."

Nach einer Pause bemerkt Eva nachdenklich: "Wir haben uns nie verabschiedet."

"Möglicherweise war es nur eine Unterbrechung, kein Abschied," antwortet Adam.

"Bedeutet das, dass wir uns in Hinkunft öfter sehen, als zuletzt?"

"Das werden wir, wenn Ihr das wollt."

Damals war das Frühjahr viel zu spät gekommen. Noch Anfang April war der Schnee in großen Mengen gefallen und die ersten warmen Tage des Jahres waren allzu plötzlich über das Land hereingebrochen. Adam Klein wusste, dass er den Eindruck alljährlich hatte, dass das Frühjahr später begänne, als dies in den vorangegangenen Jahren der Fall gewesen war. Dieses Gefühl täuschte ihn diesmal nicht. Noch im Februar waren höhere Temperaturen verzeichnet worden als im April. Ihm dauerte diese Phase zu lange, in der die Zeit des Dunkels erst schnell immer länger geworden war, um nun viel zu langsam kürzer zu werden. Dann, durch die Umstellung der Uhren, wurden dem Tageslicht endlich auch die Abende zurückzugeben. Nach endlos scheinenden grauen, kalten Tagen knallte dann plötzlich die Sonne, durch die Hilfe des Südwindes verstärkt, die ersten Sommertage aufs Land. Diese plötzliche Veränderung führte bei Adam ebenso, wie bei vielen seiner Mitmenschen, zu Abgeschlagenheit und fehlendem Antrieb, was gar nicht zur, ob des Frühjahres erwarteten Lebensfreude passen wollte.

An diesem Morgen überwand Adam endlich seine Trägheit und brachte sein Fahrrad in Schwung. Die Reifen aufgepumpt, die Funktion der Lichter überprüft und die Antriebskette geschmiert, fuhr er die lange Allee vor die Stadt hinaus, zum Park des Lustschlosses das sich ein Landesfürst vor dreihundert Jahren am Stadtrand erbauen ließ.

Im vorangegangenen Jahr hatte Adam die Arbeitszeit in der Bank, für die er arbeitete, reduziert und musste sich seither nur noch zweieinhalb Tage die Woche um die Vermehrung des Vermögens seiner Kunden sorgen. Infolge des Besuches vieler Fortbildungskurse und der Freude an seinem Beruf, hatte er sich große Kompetenz und einen fixen Stock an Kunden erarbeitet, die seine bedachte und zurückhaltende Art, sich um ihr Geld zu kümmern, schätzten. Viele seiner Kollegen hatten das Geld ihrer Kunden und ihr Arbeitsverhältnis mit der Bank in den Sand gesetzt, als sie ihrer und der Anleger Gier nichts entgegensetzten und deren Investitionen auf ebendiesen Untergrund bauten. Ihre Einkommen waren erst mit den Börsennotierungen gestiegen und kurz danach noch viel schneller wieder gefallen. Adam hatte diese Entwicklung nicht mitgemacht, verlor in der Phase des Aufschwunges der Kurse manchen Kunden und wurde aufgrund seiner Vorsicht so manches Mal von seinen Vorgesetzten getadelt. Es waren jedoch genug Anleger geblieben, die seine sichere Gestaltung ihrer Geldpakete schätzten. Dieser Umstand erhielt ihm, im Chaos einer Krise der Finanzmärkte, seinen Arbeitsplatz, während manch anderer verloren ging. Im Rahmen eines darauffolgenden Eigentümerwechsels und der, auf diesen folgenden Umstrukturierungen hatte er seine Arbeitszeit reduziert. Dafür hatte er auch noch eine größere Summe als Abfertigungszahlung und vermehrt Freizeit bekommen.

Adam betrachtete die neue Situation als eine Art Probelauf für die sich nähernde Zeit der Pension. Zeit seines Lebens hatte er gerne Zeitungen, Zeitschriften und Bücher mit literarischem, politischem und historischem

Inhalt gelesen und dabei begonnen, von vielen Artikeln und Sachbüchern Exzerpte anzulegen. Sein Stichwortkatalog hatte inzwischen ein beachtliches Ausmaß angenommen. Bisher hatte ihn noch keine Minute seines neuen Lebens die Langeweile geplagt.

Während des Sommerhalbjahres las er bei schönem Wetter gerne in freier Natur. Nachdem er den Botanischen Garten der Universität für sich entdeckt hatte, hielt er sich zumeist hier auf. Touristengruppen und Hundebesitzer, die den benachbarten Schlosspark heimsuchten, waren hier durch eine Gartenordnung ausgeschlossen. Wenn er die Kurszeiten der Studenten und die, im Vorhinein angekündigten Veranstaltungen der Universität mied, konnte er das Gefühl gewinnen, hier allein zu sein. Gelegentlich eintretende andere Besucher verliefen sich im weitläufigen Gelände. Die manchmal erkennbaren, gärtnernden Arbeitskräfte könnten auch seine Angestellten sein und für ihn arbeiten, so heimisch fühlte er sich hier.

Ein kleiner Rucksack war mit der Routine des Vorjahres schnell gepackt. Eine Flasche mit Trinkwasser, das Magazin einer deutschen Wochenzeitung, eine amerikanische Bücherzeitung, ein nicht zu dickes Buch, das aktuelle Notizbuch, Schreibzeug und eine Sitzunterlage waren der Inhalt. Nach wenigen Minuten der Fahrt mit dem Fahrrad war sein Ziel erreicht. Am frühen Nachmittag war im Schlosspark viel Publikum, aber nach dessen Querung betrat er, durch eine unscheinbare Türe im lebenden Zaun, den ruhigen Botanischen Garten. Dies war der Hintereingang, der Haupteingang befand sich an den Gebäuden der naturwissenschaftlichen

Universität, die an diesem Ort vor zwanzig Jahren neu errichtet worden war. Hier befand sich auch die Abteilung für Botanik, die für den Garten zuständig war. Der Park, die dazu gehörenden Sportanlagen und Kinderspielplätze, auch der kleine Tierpark wurden von der zur Stadtgemeinde gehörenden Schlossverwaltung betrieben.

In der Sonne war es während der letzten Stunden sehr warm geworden. Adam entschied sich für einen Platz, den er im Vorjahr während der Sommerhitze gerne aufgesucht hatte und der ihm für die heutige Wetterlage geeignet erschien. Diese Sitzbank war unbesetzt, er richtete sich ein und legte die Unterlage zum Sitzen auf die Bank. Diese hatte sich insbesondere im Frühjahr bewährt, da diese bunte Flecken vom Blütenstaub auf der Hose verhinderte. Die Blätter der Bäume, die ihn im Sommer beschatteten, waren noch nicht in ihrer vollen Größe ausgebildet und es entstand dadurch ein Halbschatten, nicht zu viel Sonne, nicht zu viel Schatten, der gut auszuhalten war. Er hatte seinen Ort für den Vormittag gefunden.

'Was war das für ein Scheißtag. Und was war das für ein Scheißwochenende ... und ausgerechnet heute musste es auch noch so heiß werden ... und da muss ich auch noch für den Kakteengarten eingeteilt werden. Kein Schatten und mein Schädel brummte ohnehin schon, bevor ihm die Sonne draufbrannte. Wenn ich hier hoffentlich bald fertig bin, dann muss ich noch im Bereich der ehemaligen Nutzpflanzen gießen. Nur noch eine Stunde lang, den Rest mache ich dann morgen ... und dann endlich nach Hause, unter die Dusche ... und nur noch ins Bett. Aber zuvor immer noch eine Stunde in der Sonne.'

Kathi hatte am Samstag Geburtstag gehabt und das war ausgiebig gefeiert worden. Kathi war seit Jahren Eva Brandners beste Freundin und sie war auch einer der Gründe für Evas Schulabbruch gewesen. Nicht der einzige, aber ein wichtiger. Eva musste die sechste Klasse des Gymnasiums wiederholen. Sie hatte zu viele negative Noten bekommen, und Kathi war in die siebte aufgestiegen. Eva wollte diese sinnlosen Inhalte nicht mehr lernen, die Tage mit dem schönsten Wetter in diesen miefigen Räumen verbringen und das auch noch ohne ihre langjährige Freundin als Sitznachbarin.

Im Rahmen des Schulunterrichts in der Wiederholungsklasse hatte sie eine Berufsinformationsmesse besucht, auf der unter anderem für den Beruf der Gartenfacharbeiterin geworben worden war. Sie hatte sich für diese Ausbildung zu interessieren begonnen, Informationsmaterial mit nach Hause genommen und daraufhin einen heftigen Krach mit ihrer Mutter erlebt. Es war nicht der erste gewesen, aber der bisher heftigste. "Jugendliche Dummheit und Undankbarkeit" waren die höflichen Ausdrücke von vielen anderen gewesen, mit denen sie beschimpft worden war, als sie angedeutet hatte, sich den Ausstieg aus der Schule zu überlegen. Sie hatte im laufenden Schuljahr keine besseren Schulnoten erreicht, als im vergangenen, wenig Aussicht weiterzukommen und bei der Messe für sich endlich eine neue Perspektive gefunden.

In der Stadtgärtnerei und der öffentlichen Arbeitsvermittlung hatte sich Eva vergeblich nach freien Lehrstellen erkundigt, fand aber dann, mit der Hilfe einer wohlgesonnenen Lehrkraft, die offene Ausbildungsstelle im Botanischen Garten der Universität. In ihrer Familie begann ein heftiger Kleinkrieg, der sogar dem ohnehin nur selten anwesenden Vater letztendlich etwas Einsatz abverlangt hatte. Eva sollte "ihre Gärtnerei" lernen, war seine Entscheidung. Wenn sie dann eingesehen habe, dass die Arbeitswelt "kein Zuckerschlecken" sei, könne sie nach diesem "Läuterungsprozess" immer noch das Gymnasium abschließen und "etwas Gescheites" studieren.

Nach dem erfolgreichen Abschluss des ersten Lehrjahres durfte Eva in eine Garconniere ziehen, die ihr bis zum Lehrabschluss von den Eltern bezahlt wurde. Ihren Lebensunterhalt musste sie selbst bestreiten. Nach Evas Übersiedlung und dem allmählich einkehrenden Frieden mit der Mutter, konnte sie, die durch ihre Arbeit in einem Steuerberatungsbüro ein eigenes Einkommen hatte, sich dazu durchringen, einen finanziellen Beitrag zu Evas Unterhalt zu leisten.

Eva machte ihre Arbeit gerne und sie könnte glücklich sein, doch das vergangene Wochenende hatte ihr nun zum wiederholten Mal gezeigt, dass mit ihrem Leben etwas nicht stimmte. Immer wieder zu viel Alkohol, schon wieder ein Drogenexperiment und viel zu oft diese Fickerei. Nie nüchtern, nie liebevoll und wenn bei ihr der Spaß begann, war die Sache schon wieder zu Ende. Viel zu viele Montage waren dann so wie der heute. Dazu kam noch Kathi, angeblich ihre beste Freundin. Hatte sie ihr doch am Samstag spät in der Nacht noch eingeredet, diese Pille zu nehmen. "So was von geil! Da schläfst Du super davon und träumst die schönsten Sachen." Ja, Scheiße. Bewusstlos war sie gewesen und geträumt hat sie gar nichts. Und am Sonntagabend ist sie dann neben Thomas, diesem eitlen Widerling, aufgewacht und musste davon ausgehen, dass er sie gefickt hatte. Alle Anzeichen deuteten darauf hin.

'Danke liebe Kathi, für sowas hat man eine beste Freundin. Und morgen weiß es die ganze Welt. Dieser Angeber muss es sicher herumposaunen. Ständig berichtet er von der Ergänzung seiner Trophäensammlung. Alle habe er schon gehabt, alle. Bisher konnte ich immer stolz darauf hinweisen: mich nicht! Wenn sich dies geändert haben sollte, wird er es alle wissen lassen. Einfach Scheiße.'

Wieder einmal nahm sich Eva vor, diese Clique zu meiden, da liefen die arbeitsfreien Tage immer gleich ab. Jetzt hatte Kathi auch noch den gemeinsam geplanten Urlaub auf Ibiza abgesagt, der doch ihre Idee gewesen war. Sie hat sich mit ihrem vorletzten Freund wieder versöhnt. Allein wollte Eva nicht wegfahren.

'Jetzt noch die Zeile mit den Rübenpflanzen vom Unkraut befreien und dann nichts wie weg', war ihr Gedanke, als sie sich durchstreckte, um ihren Rücken zu entlasten. Sie sah den alten Mann auf der Bank sitzen. Immer wieder saß er im Garten und grüßte freundlich. Als er von seinem Buch aufsah, nickte er und Eva hob die Hand zur Antwort. 'Wenigstens der ist ganz nett', dachte sie, und nahm diese freundliche Geste gerne als Ausklang ihres Arbeitstages mit nach Hause.

Wiederholt tauchte dieser Haarschopf aus den immer noch durchsichtigen Sträuchern auf. Die Natur traute den Frühlingstemperaturen noch nicht und ließ sich in ihrem Wachstum Zeit. Eva war im Knien damit beschäftigt, die am gestrigen Tag von einer Kollegin eingeweichten, in roten und grünen Farben ihrer Frühlingsrinde leuchtenden Gerten zwischen den kleinen Holzpflöcken zu verankern, womit sie die Beete im Rosengarten begrenzten. Sie richtete sich auf, um sich durchzustrecken. Als sie Adam auf der Bank sitzen sah winkte sie ihm, um zu grüßen. Adam erwiderte die Geste, stand auf und ging die paar Schritte auf sie zu. Sie erhob sich und da sah er erstmals die unförmigen Gummischützer, die sie an ihren Knien trug. Er lachte und sie blickte ihn überrascht an.

"Diese Dinger erinnern mich an die Gelenke von Kamelen, die an dieser Stelle verhornte Knorpel oder gar Knochen entwickelt haben, da sie diese beim Aufstehen und Niederknien stark abnützten," erklärte er, sich entschuldigend.

Nun lachte auch Eva.

"Ich bin diesen Dingern sehr dankbar, denn Anfangs meiner Lehrzeit habe ich aus Eitelkeit darauf verzichtet, musste dies jedoch mit wunden Knien und zerrissenen Hosen bezahlen."

"Habe ich richtig gehört, Sie machen hier eine Lehre, Sie sind keine Studentin?"

"Ich bin derzeit im zweiten Lehrjahr. Nein, ich bin keine Studentin."

Adam blickte sie erstaunt an und fragt: "Entschuldigen Sie bitte, aber wie alt sind Sie? Ich habe offensichtlich Ihr Alter falsch geschätzt und hätte Sie nicht im Lehrlingsalter vermutet."

"Ich bin 18 Jahre alt und werde im Mai 19."

"Wahrscheinlich sage ich Ihnen nichts Neues, aber Sie sehen älter aus."

Die junge Frau wirkte stolz, als sie sagte: "Ja, das sagen mir die Leute immer wieder. Daran habe ich mich gewöhnt, aber ich bin nicht nach der Pflichtschule in die Lehre gekommen. Ich war zuvor im Gymnasium, musste dann die sechste Klasse wiederholen und wollte dort nicht mehr länger bleiben."

Adam schüttelte den Kopf.

"Das ist aber schade, denn eine gute Ausbildung ist Voraussetzung dafür, dass man erfolgreich durchs Leben kommt."

Eva sah Adam spöttisch an.

"Sie sind wahrscheinlich auch so ein Akademiker. Die glauben immer, dass es keine andere, bessere Ausbildung geben kann, als ewig in der Schule zu sitzen. Ich mache meine Arbeit gerne, erlerne einen interessanten Beruf und verbringe viel Zeit in der Natur."

"Es tut mir leid. Ich wollte Sie nicht beleidigen."

"Sie haben mich nicht beleidigt, denn ich bin stolz auf meine Arbeit."

Eva kniete sich wieder hin und begann die noch tropfenden Gerten zurechtzubiegen.

"Jetzt wird mir bewusst, warum diese Äste gestern bei den Fröschen lagen. Sie wurden eingeweicht, damit sie heute biegsam sind und nicht brechen, wenn sie eingepasst werden. Ich dachte das hätten ein paar Lausbuben getan."

Eva lachte, als sie bemerkte: "Nein, diesmal sind nicht böse Buben schuldig, das sind sie oft genug. Die Äste mancher Sträucher sind, wenn sie weich sind, gut als natürliche Begrenzung der Beete des Rosengartens zu verwenden."

Eva blickte in Richtung der Gewächshäuser.

"Ich muss jetzt weitermachen. Die Chefin ist heute schlecht drauf und schaut schon grantig herüber. Ich muss wieder arbeiten."

"Ich will nicht, dass Sie Schwierigkeiten bekommen. Was machen Sie mittags? Ich möchte gerne mit Ihnen weitertratschen. Treffen wir uns um zwölf im Institutskaffe?"

Eva überlegte kurz, ehe sie zustimmte.

"Ok, das können wir machen."

Diesem Kaffeebesuch folgten weitere. Die Dauer ihrer Zusammentreffen war immer knapp bemessen, denn die Pause durfte niemals die dreißig Minuten überschreiten. Bald lud Adam sie dazu ein, ihn mit dem Vornamen und einem vertrauten Du anzusprechen. Eva nahm diese Einladung an, doch wechselte sie manches Mal zum Sie. Sie hatte Probleme mit dem Respekt, den ihr der Altersunterschied zu gebieten schien, aber mit einigen Scherzen und von Adam mit Augenzwinkern angedrohten negativen Konsequenzen, gewöhnte sie sich daran.

Adam merkte bald, dass er im Garten gezielt Evas Nähe suchte. Diese Anziehung irritierte ihn und doch, wenn er wieder zu Hause war, wünschte er sich ihre Nähe und phantasierte gemeinsame Unternehmungen. Sie begegnete ihm unbekümmert freundlich und ihre anmutigen Bewegungen, ihr schlendernder Gang, ihre heranwachsende Schönheit übten einen großen Reiz aus. In seinen Fantasien verband sich diese Eigenschaften mit seiner Erfahrung, dem Wissen um die Dinge des Lebens und in seinen Tagträumen schuf er gefällige Begegnungen. Für die Treffen in der Wirklichkeit hatte er jedoch nur an eineinhalb Tagen die Woche die Gelegenheit. Die junge Gärtnerin war ausschließlich während der Werktage im Garten anzutreffen. An der Hälfte davon musste auch er arbeiten und am Mittwoch war sie für ihn nur unregelmäßig zu sehen. Erst später sollte er dafür den Grund erfahren. Am Mittwoch war sie häufig im Institutsgebäude mit der Verpackung und dem

Versenden von Pflanzensamen beschäftigt. Botanische Institute verschiedener Institute tauschten die Ergebnisse ihrer Züchtungen aus und testeten den Wuchs und Ertrag unter wechselnden Lebensbedingungen.

Für Adams Bedürfnis, mit ihr zusammen zu sein, war das nicht ausreichend. Viel zu oft geschah es, dass sie während eines Gespräches über den Volleyballsport, den sie als Ausgleich für ihre oft gebückt auszuübende Arbeit betrieb, oder dem Plaudern über ihre Wünsche an den Beruf, abbrechen mussten und sie zur Arbeit zurückkehrte. Adam blieb dann in unbefriedigter Neugierde zurück.

Eines Tages fasste er Mut und schlug für nach dem Ende ihrer Arbeit ein Treffen in einem Lokal vor. Im Gespräch schien der Donnertagnachmittag der kommenden Woche geeignet. Es wurde verabredet, dass er sie am Nachmittag abholen käme. Telefonnummern wurden ausgetauscht. Die folgenden Tage verbrachte Adam in freudiger Erwartung des Treffens. Ganz langsam schlichen sich Zweifel in seine Gedanken. Klar, Eva war eine attraktive, junge Frau, aber auch beinahe noch ein Kind. Sie war im Gespräch freundlich und aufgeschlossen, erzählte ihm gerne Geschichten aus ihrem Leben und sprach darüber, was sie in der Zukunft vorhatte.

Seit Jahren hatte er kaum noch Kontakt mit jungen Menschen gehabt. Seine Freunde und Bekannten waren mit ihm gealtert und in der Arbeit hatte er auch nichts mit jungen Menschen zu tun. Den Wunsch seiner Vorgesetzten, in der Ausbildung junger Mitarbeiter Aufgaben zu übernehmen hatte er abgelehnt. Das wollte er nicht. Ihm war die Begrenzung seiner Arbeitszeit auf nicht ganz drei Tage die Woche ganz recht und für die

Kurse an den Wochenenden wollte er nicht auf freie Tage verzichten. Sollten sich Andere ein Zubrot verdienen, das er ohnehin nicht nötig hatte. Der Sohn seiner Schwester Anna, war in den vergangenen Jahren sein einziger jugendlicher Kontakt gewesen. Inzwischen erwachsen geworden, hatte er seinen eigenen Weg eingeschlagen, der ihn ihm etwas entfremdet hatte. In gespannter Unruhe erwartete er den kommenden Donnerstag.

Das unsichere Warten erinnerte Adam an Gefühle in seiner Jugend, als immer wieder unklar war, ob das vereinbarte Treffen mit einem von ihm verehrten Mädchen zustande kommen würde. Täuschte ihn seine Erinnerung? Hatte sich Eva wirklich deutlich genug geäußert, dass auch sie dieses Treffen wünschte? Hatte sie nur unwillig seinem Wunsch nachgegeben? Über das Wochenende quälten ihn viele derartige Gedanken. Liefen seine Hoffnungen ins Leere? Hatte er Tag und Uhrzeit des geplanten Treffens richtig im Gedächtnis behalten? Spielte ihm dieses keinen Streich? Er fühlte sich wie ein Jugendlicher, der nicht ruhig und gelassen abwarten konnte, dass das Ereignis endlich stattfand. War er verliebt wie ein Siebzehnjähriger? Konnte er die Freude einer derartigen Verabredung, nach so langer Zeit der Entbehrung, nicht einfach genießen?

Es war, als hätte er diese Entwicklung schon erwartet. Jedenfalls war er nicht sonderlich überrascht, als Eva am Vormittag des Donnertages anrief und das Treffen aufgrund einer Erkrankung absagte. Hatte er sie mit seiner Neugierde und dem Wunsch doch überfordert? Der Botanische Garten und das Café an der Uni waren für Eva ein gewohntes Gelände und ein geschützter Raum, da konnte sie mit ihm zusammentreffen. Ein anderer Ort barg vielleicht zu viel Risiko. Auf diese und ähnliche Fragen konnte er ohne sie keine Antwort finden. Ihm war nicht undenkbar, dass Eva die Erkrankung vortäuschte. Sie getraute sich nicht, seinen Wunsch direkt abzulehnen. Ihr Respekt vor seinem Lebensalter hatte sich ja schon bei der holprigen Einführung des Du gezeigt. Nach einigem Hin und Her entschied er, sie nicht bereits während des Wochenendes anzurufen und sich nach ihrem Befinden zu erkundigen. Unruhig verbrachte er diese Tage, ehe er entschied, seine Initiative zurückzunehmen, seine Aktivität einzustellen und Eva wie die übrigen Gartenmitarbeiterinnen zu behandeln.

Mitte der folgenden Woche war Eva noch immer nicht im Garten zu sehen und schließlich fragte er einen ihrer Kollegen nach dem Grund ihrer Abwesenheit. Dieser teilte ihm mit, dass sie immer noch krank sei, er jedoch über keine weiteren Informationen verfüge. Adam fragte sich, welche Krankheit dies sein könne. War sie doch schwerer erkrankt, als er gedacht hatte?

Es war heiß geworden und Adam zog sich in einen schattigen Laubengang des Gartens zurück. Dort, wo die verwickelten Luftwurzeln dichter gewachsen waren als ein Blätterdach. Er fand eine Bank, auf die er sich setzte und überlegte, was er nun tun könne. Ganz von selbst folgten seine Gedanken dem Weg dieser Gewächse hinauf ans Licht, verworren und scheinbar ohne Ende. Das ungeordnete Wachstum des Baumes verleitete seine Fantasie zum Mäandern. Die Gedanken glitten ziellos die Windungen dieser Pflanze entlang. Sie versuchten ein Ende zu finden und hatten es schwer, den vielen Biegungen zu folgen. Zu groß war die Zahl der Versuchungen, vom Weg abzuweichen. Dauernd verloren sie die Richtung, irrten umher, verloren jegliches Ziel. Er fand keine Antwort auf die Frage, was jetzt für ihn zu tun sei. Schließlich ergab er sich lustvoll den Verlockungen eines zopfartigen Geflechts.

Neigten seine Gedanken in Richtung der Beendigung seiner Träume nach weiterem Kontakt zu Eva, entstanden neue Gründe für die Fortsetzung seiner Fantasien über den weiteren Verlauf der noch völlig ungeklärten Beziehung. War sie wirklich, oder nur eine Chimäre.

Hatte dieses Gewächs zwei, drei oder gar vier Stränge? Das war ohne Bedeutung. Spätestens nach der fünften Verknotung verlor er ohnehin wieder sein Ziel aus den Augen. Zu viele Eindrücke bedrängten ihn. Erst war es hell, dann dunkel. Da grün, dort rot. Mal oben, mal unten. Hier im Sonnenlicht, dort im Schatten. Schließlich ging es einmal nach links, bei der nächsten Gelegenheit wieder nach rechts. Nein, das war kein Baum der Erkenntnis. Hier kam er zu keinem Ende, auch nicht vorläufig. Er verlor jeglichen Abschluss aus den Augen und dem Sinn. Anstatt schlüssige Folgerungen zu formulieren, geriet er ins Schwärmen. Vagabundierend dachte er den einen Gedanken nicht fertig und träumte gleichzeitig einen anderen. Gut oder böse waren keine Kriterien, richtig und falsch auch nicht.

Diese Pflanze unterstützte ihn nicht in seinem Entscheidungsprozess. Sollte er nun Eva anrufen oder sollte er dies nicht tun? Hat sie ihre Erkrankung nur vorgetäuscht, oder nicht? Unstet wanderten seine Ideen, unstet verliefen sich seine Gedanken. Nie würde er einen

Bestimmungsort erreichen, oder doch, vielleicht, irgendwann. Das war nicht wichtig.

Das kehlige Konzert der Frösche kündete den Abend,
aber auch den Ansturm der blutgierigen Mücken, deren
Einstiche einen derartigen Juckreiz hinterließen, dass
Adam selten umhinkonnte, ihm nachzugeben und damit rote Pusteln hervorrief. Als Belohnung für das Ertragen dieser Unbill kamen mit dem Dunkel die Glüh-
würmchen. Diese Tierchen waren ihm seit seiner Kindheit Tröster und Träger von Hoffnung gewesen. Seitdem
die Bauern und Kleingärtner mit dem Einsatz von Pesti-
ziden zurückhaltender umgingen, gab es sie und auch
die Schmetterlinge wieder. So lange diese kleinen Wesen
einem leuchteten, gab es keine Finsternis und auch
Trübsinn kam nicht auf. In diesem Licht verlor der
Mensch nicht seinen Schatten und damit auch nicht
seine Seele. In Adams Kinderbüchern waren diese Tiere
als kleine Würmchen mit Kinderkopf und einer Laterne
in Händen dargestellt. Zumeist waren sie gut und hilfreich, doch die Bösen führten sie in den Sumpf, in dem
sie versanken. Adam führten sie nach Hause.

Eva Brandner fühlte sich elend. Gestern hatte sie noch gedacht, am Montag wieder zur Arbeit gehen zu können, heute jedoch war sie in einem Zustand aufgewacht, der schlimmer war als in den vergangenen Tagen. Der Schädel brummte und pochte, schmerzte bei jeder Bewegung. In jedem Muskel spürte sie eine unangenehme Spannung. Sie war früh aufgewacht und schließlich aufgestanden, nachdem sie sich lange Zeit von einer Seite zur anderen gedreht hatte, und bereitete sich eine Tasse mit Kamillentee zu. Der pochende Kopf hatte sie, diesmal begleitet von der Teetasse und dem Fieberthermometer, wieder ins Bett zurückgetrieben, in dem sie ohnehin schon die meiste Zeit der letzten Tage verbracht hatte. Ihre Mutter hatte sie bei ihren täglichen Besuchen mit Hühnerbrühe und zerdrückten Bananen verpflegt und dafür gesorgt, dass ihre verschwitzten Pyjamas gewechselt und gewaschen wurden. Einer Einladung, für die Dauer ihrer Bettlägerigkeit in ihr altes Zimmer ins Elternhaus zurückzukehren, hatte sie widerstanden. Da musste schon ihr Tod kurz bevorstehen, ehe sie einen derartigen Schritt auch nur überlegte.

Nun plagte sie wieder eine Körpertemperatur weit jenseits der Fiebergrenze. Sie war müde, konnte jedoch nicht schlafen. Erschöpft drehte sie sich im Bett umher und schaltete doch wieder das Licht ein, schüttelte die Polster durch, setzte sich auf und nahm das Buch zur Hand, das auf dem Nachtisch lag. Richard Powers: "Die Wurzeln des Lebens". Manches Mal verfügte ihre Mutter über ein wunderbares Einfühlungsvermögen in die

Befindlichkeit ihrer Tochter. Als es ihr vergangene Woche erstmals gesundheitlich besser ging, hatte sie sich in diesem Werk richtiggehend festgelesen. Der Roman, in dem so unterschiedliche Menschen ihre Liebe zu den Bäumen und ihren interessanten Lebensformen finden, kam ihrer Einstellung zu den Pflanzen sehr nahe. Die handelnden Personen waren ihr in deren Engagement für das Bewahren dieser komplexen Art sympathisch. Wiederholt war ihr das dicke und dadurch schwere Buch auf die Brust gesunken, als sie beim Lesen eingenickt war.

Schließlich beendete sie dieses sinnlose Unternehmen, in diesem Zustand ein Buch lesen zu wollen, schaltete das Licht aus und versuchte doch noch zu schlafen. Hinter den Vorhängen schien jetzt die Sonne, aber sie musste hier trübsinnig und erbärmlich im Halbdunkel liegen. Es war kaum zu ertragen. Sie nahm ihr Handy und suchte nach geeigneter Musik, die sie fernübertragen auf ihren Lautsprechern hören wollte. "Ihené Aiko" entführte ihre Vorstellungen an den Palmenstrand einer karibischen Insel.

Die Klingel der Wohnungstüre weckte sie. In der kurzen Phase, in der sie sich erst orientieren musste, schlug die Türglocke schon wieder an. Sie ächzte sich aus dem Bett und zog ihren Morgenmantel an. Schon wieder ertönte die Klingel. Laut rief sie in Richtung der Eingangstüre: "Ich habe ja gehört, komme schon."

Sie öffnete die Türe und Kathi drängte sich in die Wohnung. Mehr durch sie hindurch als an ihr vorbei.

"Ich habe erfahren, dass Du krank bist. Schau', ich habe Dir Blümchen mitgebracht und ein paar Muffins."

Kathi polterte in die Küche, warf die Blumen und das Gebäck auf den Tisch, sich auf einen Stuhl. Sie blickte um sich: "Hast Du Kaffee?"

Der Sturm, der über Eva hereingebrochen war, verursachte ihr Schwindelgefühle. Die Eingangstüre bot ihr Halt und sie atmete mehrmals tief durch, ehe sie diese schloss. Sie folgte Kathi und lehnte sich an den Türpfosten des Mücheneingangs, als sie sagte:

"Kathi, ich begrüße Dich auch. Ich habe nur Kamillentee. Wenn Du Kaffee willst, musst Du ihn Dir selbst zubereiten. Du weißt ja, wo die Sachen sind. Ich bin krank und lege mich wieder ins Schlafzimmer."

"Muffins und Kamillentee, wie grässlich," war Kathis Kommentar.

Eva hörte Kathi hantieren. Das Wasser rauschte. Sie schloss die Augen.

"Weißt Du, ich bin heute so herrlich durchgefickt. Das ist ein wunderbares Gefühl", dröhnte es aus der Küche.

Genau das wollte sie heute hören. Eva mühte sich Interesse ab.

"Wer war denn der Glücksbringer?"

"Thomas heißt er. Den habe ich am Freitag im 'Dolce' kennengelernt und weil er so nett war, bin ich mit zu ihm. Da war der Fick nichts Besonderes. Wir hatten zu viel getrunken. Am Samstag, nach einem kräftigenden Frühstück am Nachmittag haben wir es dann richtig krachen lassen. Mir tut da unten alles weh."

"Aha."

Eva drehte sich zur Seite. Kathi war heute nicht nur kein Weg zum Glück, sondern eine Besucherin, die ihr gerade noch gefehlt hatte.

"Willst Du auch einen?" Schallte es aus der Küche.

"Nein Danke."

Kathi näherte sich dem Bett und schuf sich auf dem Nachttisch Platz für ihre Kaffeetasse und einen Teller mit Muffins.

"Kleines, Du siehst ja schrecklich aus. Du musst was essen! Nimm Dir einen. Wie geht es Dir?"

"So wie ich aussehe."

Kathi setzte sich auf Evas Bett und mampfte einen Muffin. Im Kauen plapperte sie weiter.

"Du, der Thomas ist genau das, was frau braucht. Er sieht gut aus, ist intelligent und kann Ficken, einfach göttlich. Der kann zärtlich sein und dann wieder ganz wild. Toll!"

Eva hielt an sich und dachte , dass er nicht so intelligent sein könne, wenn er sich mit ihr abgebe. Das wäre unfair, das wusste sie. Vielleicht war es sogar Neid.

"Schön für Dich, aber wie hieß der, mit dem Du zuletzt zusammen warst? Sein Name fällt mir nicht ein. Was ist mit dem?"

"Markus hieß der, aber der kann Thomas nicht das Wasser reichen. Der hatte mich am Freitag versetzt. Er musste angeblich für seine Eltern was tun. Erst habe ich mich über ihn geärgert, aber jetzt denke ich, dass das gut war, dass er keine Zeit für mich hatte. Deshalb konnte ich Thomas kennenlernen."

Sie mampfte den nächsten Muffin. Eva bemerkte sarkastisch: "Hast Du wenigstens auch Deine Socken gewechselt?"

Kathi war viel zu aufgeregt, um irgendetwas außer sich selbst wahrzunehmen. Sie schnappte sich den letzten Muffin und biss hinein.

"Oh, das war der Letzte." Sie blickte zu Eva. "Du willst ohnehin keinen, oder?!"

"Nein danke. Ich habe keinen Appetit, iss' sie nur alle auf."

Kathi wischte sich die Brösel aus dem Gesicht und von ihrer Bluse. Als sie bemerkte, dass alles auf das Bett fiel, erhob sie sich und befreite das Leintuch davon. Sie sah Eva an, ihr Blick wurde zärtlich.

"Komm', so wie Du da liegst, wirst Du niemals gesund. Du bist ja ganz zerdrückt. Setz Dich auf, ich massiere Dich ein bisschen."

Kathi streifte ihre Schuhe ab und schob sich hinter Evas Rücken. Sie begann deren Nacken zu kneten. Jede Berührung verursachte Schmerzen. Wie Nadelstiche fühlten sie sich an. Während sie überlegte, wie sie Kathi möglichst freundlich loswerden konnte, waren deren Hände unter Evas Pyjama gewandert und massierten ihre Brüste.

"Das tut Dir sicher gut. So ganz ohne Sex den ganzen Tag im Bett, das geht gar nicht."

Eva drückte Kathis Hände weg und erhob sich mit einem Ruck aus dem Bett. Der Schmerz in ihrem Kopf war höllisch. Unwirsch sagte sie: "Kathi, bitte sei mir nicht böse, aber mir tut der Kopf weh, Deine Hände schmerzen auf meiner Haut und ich habe Fieber."

Kathi stand jetzt ebenfalls auf und zog ihre Schuhe an.

"Ist ja gut. Dann leg' Dich wieder hin und kuriere Dich aus."

Sie blickte auf ihre Uhr.

"Es wird ohnehin Zeit zu gehen. Thomas wartet unten im Auto. Wir wollen das schöne Wetter nützen und ins Grüne fahren. Gute Besserung noch."

Kathi küsste Eva auf die Wange. Die Türe knallte zu und endlich war wieder Ruhe.

Am Montag fuhr ihre Mutter sie zum Hausarzt, der sie für die weitere Woche in den Krankenstand schickte und ihr Medikamente verschrieb, deren Einnahme dazu führte, dass sich Evas Gesundheitszustand allmählich besserte. Als sie sich erholte, kam ihre Mutter jeden Tag, um sie zu Spaziergängen zu motivieren und zu begleiten. Täglich ein Stück länger, um wieder zu Kräften zu gelangen.

Eva dachte wieder an den Mann aus dem Garten, mit dem sie eine Verabredung gehabt hatte. Nun hatte sie ausreichend Gelegenheit, über diese Essenseinladung nachzudenken. Bei ihrer schnellen Zusage hatte sie nicht viel überlegt, aber sich später doch unbehaglich gefühlt. Irgendetwas daran war schon schräg. Was wollte der von ihr? Eine solche Verabredung war schon ziemlich seltsam. Der könnte ihr Vater sein. Zeit hatte er offensichtlich genug. Obwohl er sagte, er arbeite für eine Bank, war er oft im Garten. Immer allein und oft beim Lesen. Nein, nicht immer allein. Einmal sah sie ihn aus der Ferne, als er mit einem anderen Mann im Gespräch spazierte. Sie waren sehr konzentriert, als sie entlang der Mauer des Kalthauses gingen. Das war aber auch das einzige Mal, dass sie ihn mit einem anderen Menschen gesehen hatte. Nach einigem Nachdenken meinte sie, dass es das war, was ihr an ihm gefiel, das Gespräch. Er hörte ihr konzentriert zu. Etwas in dieser Art hatte sie bisher noch mit keinem Erwachsenen erlebt. Mit ihren gleichaltrigen Freunden ohnehin nicht, von denen war jeder selbst der tollste Hecht, aber auch mit den Erwachsenen hatte sie bisher keine guten Erfahrungen gemacht. Die wussten immer alles besser. Sie hörten nie richtig zu, wenn man mit ihnen redete und wollten immer an einem Herumbessern. "So macht man das nicht!", "Mach' schneller!", "Was soll denn das?", mehr fiel ihnen nicht ein. Bei diesem Mann spürte sie niemals Überheblichkeit, oder gar Arroganz. Es schien ihm auch diese belehrende Haltung zu fehlen, die Erwachsene ihr gegenüber immer einnahmen, insbesondere dann, wenn sie ihr tatsächliches Alter erfuhren. Da sie groß gewachsen war, wirkte sie älter, als sie tatsächlich war. Sobald diese Leute jedoch ihr Alter erfuhren, wurde sie wie ein Kind behandelt. Dieser Mann war an dem interessiert, was sie sagte. Auch an seinen Nachfragen merkte sie, dass er aufmerksam auf das hörte, was sie zu sagen hatte.

Die Krankheit bedeutete hoffentlich nur einen Aufschub des Treffens, jedenfalls was sie betraf. Sie war froh darüber, ihm rechtzeitig abgesagt zu haben. Beinahe hätte sie darauf vergessen, ihn anzurufen. So war sie nicht so unhöflich gewesen, ihn vergeblich warten zu lassen. Es gab keinen Grund der Einladung nicht später nachzukommen, wenn es ihr wieder besser ging. Sie war auf ihn neugierig geworden und würde es bedauern, wenn das Treffen nicht zustande käme.

Zwei Wochen vergingen, ehe Eva wieder zur Arbeit kam. Adam sah sie gebückt im Alpinum arbeiten. Ungeduldig bekämpfte er seinen Wunsch, sofort zu ihr zu gehen. Er wartete auf eine Unterbrechung ihrer Tätigkeit, als sie sich aufrichtete, um sich zu strecken. Sie sah Adam und näherte sich seinem Sitzplatz. Als sie herantrat erkannte Adam an ihrem schmalen, bleichen Gesicht, dass sie tatsächlich krank gewesen war. Sein Misstrauen war unbegründet gewesen und er schämte sich dafür. Sie setzte sich zu ihm auf die Bank und äußerte ihr Bedauern über das versäumte Treffen. Sie wolle noch etwas warten, ehe sie sich kräftig genug fühle, dann würde sie gerne der Essenseinladung nachkommen, sagte sie. In einigen Tagen sei sie dann sicher soweit.

In der folgenden Woche fuhr Eva noch nicht mit dem Fahrrad zur Arbeit, dafür fühlte sie sich noch zu schwach, aber einer Einladung zum Essen konnte sie nachkommen. Adam holte sie mit dem Auto von der Arbeit ab, doch war es erst Mitte des Nachmittags und für den Lokalbesuch zu früh, weshalb Adam vorschlug, bei ihm zu Hause eine Zwischenstation zu machen und Kaffee zu trinken. Anschließend könnten sie zu Fuß das nahe gelegene Lokal aufsuchen. Eva zögerte kurz. So gut kannte sie diesen Mann nicht, um mit ihm unüberlegt nach Hause zu gehen. Sie überlegte, ob für sie eine Gefahr bestand, hielt diese für gering und stimmte zu.

Eva stand staunend in Adams Wohnzimmer.
"Wow! Hast Du viele Bücher."

"Ja, ich lese gerne."

Sie zeigte mit der Hand eine Runde durch das Zimmer. "Hast Du die alle gelesen?"

"Die meisten schon, manche zum Teil, aber nur dann, wenn sie mir nicht gefallen haben. Das waren jedoch nur wenige."

Er wies auf eines der Regale.

"Diese drei Reihen sind alle ungelesen. Wenn also morgen die Buchhändler mit einem Streik beginnen, wäre ich für einige Tage versorgt," bemerkte er schmunzelnd.

Eva ging auf eine offene Zimmertüre zu und blickte zu ihm zurück: "Darf ich weiterschauen?"

"Bitte gerne. Bad und WC sind geradeaus und da rechts geht es in mein Arbeitszimmer. Hier bitte nicht aufräumen, es herrscht das kreative Chaos. Diese Unordnung brauche ich zum Arbeiten."

Eva sah um sich.

"Der Schreibtisch ist überfüllt, ansonsten ist das hier doch ganz ordentlich. Jedenfalls für einen Mann."

Sie lachte, als sie Adam ansah.

"Bei mir räume ich auch nur sehr selten auf und die wenigen Male, wenn mich meine Mutter besucht, habe ich schwer zu tun, sie davon abzuhalten. Du musst keine Angst haben, dass ich bei Dir damit anfange."

Sie bewegte sich weiter in das Zimmer hinein.

"Da sind ja nochmals so viele Bücher," nach einer Pause, "und ein Klavier. Kannst Du das spielen?"

"Ja, aber ich nehme mir viel zu wenig Zeit dafür. Wenn man nicht regelmäßig übt, dann stolpert man nur so durch die Stücke. Meine Frau spielte sehr gut. Das hier war früher ihr Zimmer."

"Oh, tut mir leid." Etwas später. "Wie lange ist sie schon tot?"

"Es werden bald dreißig Jahre."

"Das ist ja länger zurück als meine Geburt."

Eva dachte sofort, dass das jetzt nicht besonders klug war, so etwas zu sagen. Sie schluckte und wandte sich dem anderen Zimmer zu, dem Schlafzimmer, das so aussah wie andere auch. Das Bett, überraschend breit für einen einzelnen Bewohner, Nachttisch, Kleiderkästen.

Adam ließ Eva allein und bereitete in der Küche den Kaffee zu, während Eva das CD-Regal in Augenschein nahm. Es befanden sich überraschend viele Aufnahmen klassischer Musik darin.

Bei Kaffee und im Gespräch über Alltagsdinge kam der Abend. Der Hunger drängte beide in die Pizzeria. Zum Essen wählte Eva Pizza mit Rohschinken und Rucola, Adam Lasagne, eine große Flasche 'San Pelegrino' und, nach Rücksprache mit Eva, zwei Gläser Rotwein. Sie erzählten sich Geschichten über ihre Familien. Evas Eltern waren in Adams Alter. Sie hatte zwei erheblich ältere Brüder, mit denen sie kaum Kontakt hatte. Ihre eigene Existenz sei "die Folge eines späten Liebesanfalles meiner Eltern", erzählte Eva. Sie sei eine klassische Nachzüglerin. Die Liebe der Eltern, so es sie jemals gegeben habe, sei damals schon abgelebt gewesen und die Beiden hätten gemeinsam kaum mehr stattgefunden, beschrieb sie die häusliche Situation. Ihre Familie pflegte keine Familienzusammenkünfte und die Brüder lebten beide mit ihren Familien im Ausland, einer im Norden und einer im Süden Europas, das sei praktisch "… so muss man sich nicht oft begegnen. Mama fährt sie öfter besuchen. Früher war ich froh, wenn sie das machte, da hatte ich dann sturmfreie Bude. Die zwei Familien der Brüder sind nett zu mir, wenn ich sie treffe, aber wir können nichts miteinander anfangen."

"Hast Du Familie?" fragte Eva.

"Meine Frau und ich hatten keine Kinder, dafür blieb uns nicht genug Zeit. Kontakt habe ich nur noch mit meiner Schwester Anna und ihrer Familie. Die sind mir sehr lieb. Nach dem Unfall meiner Frau, sie wurde mit dem Fahrrad fahrend von einem Auto überfahren, durfte ich längere Zeit bei ihnen wohnen. Für mich war es gut, nicht allein in unserer Wohnung zu sein, ehe ich mit dem Schmerz und der Trauer besser zurechtkam."

Eva trank einen Schluck aus ihrem Glas und sah Adam ernst an.

"Darf ich zu diesem Thema etwas fragen?"

"Ja, Du darfst, aber das schmerzt immer noch, obwohl es schon vor so langer Zeit geschehen ist. Andererseits mag das absurd klingen, jedoch wird auch so ein Leben allmählich normal."

"Warum hast Du Dir während all der Jahre keine neue Partnerin gesucht?"

"Anfangs kam ich gar nicht auf die Idee, dann ein bisschen, mit enttäuschenden Ergebnissen und seit vielen Jahren ist es gut so, wie es ist."

Nach dem plötzlichen Tod seiner Frau hatte Adam lange Zeit nicht mehr daran gedacht, dass er über so etwas wie Sexualität verfügte. Den Tröstungsversuchen so mancher seiner weiblichen Bekannten war er verständnislos gegenübergestanden. Nach mehreren Jahren merkte er dann doch wieder, dass an sonnigen Tagen des Frühjahres die Röcke der Frauen kürzer wurden, ihn dieser Anblick erfreute und manches Mal auch erregte. Er hatte weder am Grab seiner Frau ein Treuegelöbnis abgelegt noch den Vorsatz sexueller Abstinenz gefasst. Als er dann doch wieder Versuche unternahm, mit Frauen in näheren Kontakt zu kommen, misslangen viele Bemühungen und die erfolgreichen schienen ihm nicht den Aufwand wert, den inzwischen eine Veränderung seiner Lebensgewohnheiten bedeutet hätte.

Adam hatte seine große Wohnung behalten und war dem Drängen seiner Schwester gefolgt, als er Aufteilung und Einrichtung der Zimmer vollständig geändert hat. In dieser Zeit hatte er sich, in der Hoffnung auf eine neue Beziehung, ein großes Bett gekauft, das er inzwischen gerne allein benützte. Manchmal, wenn es ihm doch zu groß wurde, schlief er im Arbeitszimmer, in dem sich für gelegentlich von auswärts kommende Besucher ein Gästebett befand. Adam fühlte sich wohl in seinem Alleinuniversum, wie er es gerne nannte. Seit den Veränderungen in der Wohnung haben sich die Besuche des Geistes seiner Frau zuerst in der Intensität reduziert und dann auf besondere Tage der Erinnerung, wie Geburtstage und Jahrestage des Unfalls, beschränkt.

Es war spät geworden und Eva drängte zum Aufbruch. Morgen musste sie früh in der Arbeit sein. Gerne nahm sie Adams Angebot an, sie mit dem Auto nach Hause zu fahren.

Adam Kleins Besuche im Botanischen Garten erfuhren eine Veränderung und gewannen eine zusätzliche Anziehungskraft. Der Mangel an Skepsis und Misstrauen, mit dem ihm Eva Brandner begegnete, bereitete ihm große Freude und ihre offene Art auf ihn zuzugehen fand er außerordentlich reizvoll. Sie zeigte ihm deutlich, dass sie sich über sein Erscheinen an ihrem Arbeitsplatz freute. Sie kam ihm über weite Strecken des Gartens entgegen, sobald sie ihn entdeckt hatte. Manchmal tranken sie nach Evas Dienst in nahe gelegenen Lokalen Kaffee. Er gewöhnte sich an die Kontakte mit der jungen Frau und gelegentlich dachte er, dass nicht nur er aus seiner Zeit gefallen zu sein schien.

Adam war wieder einmal im Botanischen Garten zu Besuch, als sich Eva zu ihm auf die Bank setzte und nach der Begrüßung folgendes sagte:

"Vergangene Woche hast Du mir empfohlen, auf jeden Fall meinen Schulabschluss nachzuholen und ich habe darüber nachgedacht, was Du mir damit sagen willst. Ich glaube Du kannst gar nicht verstehen, dass das, was ich hier in meinem Beruf mache viel spannender ist, als es die Schule für mich jemals sein kann. Da, schau", Eva zeigte auf einen der gegenüberliegenden Bäume, "das ist ein Ginkobaum. Was glaubst Du macht der hier? Der hat doch seinen Ursprung in China, denkst Du wahrscheinlich, so wie dies alle anderen Besucher auch tun, und dieser Garten ist nicht gerade ein Spezialist für chinesische Pflanzen. Auch von diesem konkreten Baum kommen die Samen aus China, aber vor zwei Millionen Jahren war eine verwandte Ginko-Art, so wie auch der Tulpenbaum da hinten, hier in Europa heimisch. Zahlreiche Fossilienfunde beweisen das. Auch Botaniker betreiben Archäologie. Diese Pflanzen haben sich wahrscheinlich aufgrund der Eiszeit aus unserem Land zurückgezogen. Wir wollen hier auch diese Geschichte abbilden. Man kann sogar sagen, dass wir hier auch die Migrationsgeschichte der Pflanzenarten studieren und eine Art Remigrationsassistenz betreiben."

Eva lachte herzhaft und breitete ihre Arme aus.

"Was brauche ich die Schule," und nach kurzem Nachdenken, "jedenfalls keine solche Schule, wie ich sie früher besucht habe."

Adam verstand sie gut, auch er zog in jedem Fall den Aufenthalt im Garten dem Büro vor.

"Für den Augenblick verstehe ich Deine Entscheidung, aber auch Du wirst älter werden. Was tust Du, wenn Dir vom andauernden Bücken der Rücken zu schmerzen beginnt? Wenn Deine aktuelle Chefin, die Du so magst, in Pension oder ins Ausland geht und die nächste nicht zum Aushalten ist? Da wäre es doch wirklich besser, wenn Du selbst eine gute Chefin würdest. Du könntest Dir sicherlich die Fähigkeiten dafür erarbeiten."

Eva wog den Kopf nachdenklich hin und her.

"Wir werden ja sehen, was mir in meinem Leben noch so alles einfällt. Jetzt werde ich erst einmal die Ausbildung zur Gartenfacharbeiterin machen und dann schauen wir weiter. Wenn ich nach dem Abschluss dieser Ausbildung nicht ins Ausland gehe, um in einem anderen Uni-Garten zu arbeiten, was ich mir derzeit gut vorstellen kann, ist es möglich, dass ich das so mache, wie Du vorschlugst."

Sie erhob sich und bedeutete Adam, dasselbe zu tun.

"Komm' mit, heute ist die Chefin nicht da. Ich kann Dir eine unserer Besonderheiten zeigen. Dort dürfen selbst wir Lehrlinge nur unter Aufsicht eines der Sammlungsgärtner hinein."

Adam begleitete sie. Er war neugierig geworden.

"Das interessiert mich. Natürlich will ich das sehen. Was ist das?"

Sie nähern sich langsam einem der Glashäuser.

"Unsere Orchideensammlung. Sie hat einen speziellen, abgeschlossenen Bereich, der in weltweiter Zusammenarbeit mit anderen Universitäten, ein Wiederaufzuchtprogramm für diejenigen Orchideenarten durchführt, die wahrscheinlich wegen der Abholzung der Regenwälder, schon ausgestorben sind, oder sich kurz vor dem Aussterben befinden. Unsere Aufgabe ist es, sie hier zum Blühen und Fruchten zu bringen. So dies gelingt, schicken wir die Samen und einzelne Ableger an die Heimat-Unis der Pflanzen, die dann eine Züchtung von mehreren Keimlingen und ein Wiederaussetzen in Angriff nehmen können.

Heute ist der nette Gärtner im Dienst, da können wir hinein, ich habe ihn schon gefragt. Wir müssen jedoch Atemschutz anlegen, auf unseren Straßenschuhen Schutzüberzüge tragen und Plastikhandschuhe anziehen, damit wir möglichst keine Keime hineintragen. Diese Pflanzen sind außerordentlich kostbar und der empfindlichste Teil unseres Botanischen Gartens."

Am Eingang begrüßte sie ein vierzigjähriger Mann, der schon auf sie zu warten schien. Er begleitete sie durch das Glashaus und erklärte die Abläufe. Für Adam war es eine völlig unbekannte Arbeitswelt. Die fachkundige Führung und das viele Wissen des Gärtners beeindruckte ihn.

Nachdem sie sich verabschiedet hatten fuhr Eva zum Abendsport und Adam dachte auf seinem Heimweg lange über die Berechtigung der Skepsis nach, die Eva gegenüber der Art des Wissens hatte, die er gewohnt war, als Ziel einer guten Ausbildung zu sehen.

Adam hatte viel zu tun und war einige Tage nicht in den Garten gekommen. Als er auch am Mittwoch der folgenden Woche nicht zu sehen war, rief ihn Eva am Nachmittag an und fragte nach dem Grund für seine Abwesenheit. Adam entschuldigte sich, aber er habe in der Arbeit aktuell ein gehöriges Durcheinander. Als Eva fragte, ob sie nach der Arbeit vorbeikommen könne, stimmte er dennoch zu.

Auf Evas Läuten hin öffnete Adame die Türe und bat sie hinein. Er musste sich entschuldigen, er war mit seiner Arbeit leider noch nicht zu einem Ende gekommen.

"Das ist zwar jetzt blöd, aber ich muss noch einen Bericht für eine Anlegergemeinschaft fertig machen. Ich benötigte bisher länger, als ich geplant hatte. Ich brauche noch etwas Zeit, aber nicht allzu lange. Das muss heute unbedingt fertig werden. Wenn's Dir nichts ausmacht, kannst Du warten. Du kennst die Küche, hole Dir was Du willst und im Wohnzimmer sind Bücher und Zeitschriften. Mach' es Dir gemütlich, ich komme dann bald zu Dir."

Eva besorgte sich ein Glas Wasser und blätterte im Wohnzimmer den Stoß der Zeitungen und Zeitschriften durch. Keine von denen fand ihr Interesse. Sie wandte sich den Bücheregalen zu. "Blasmusikpop", das klingt lustig, dachte sie. Sie entnahm das Buch dem Regal und wandte sich der Couch zu. Ehe sie sich setzte, fiel ihr noch ein anderes Buch auf, dessen Titel sie ansprach. Franz Werfel, "Eine blaßblaue Frauenschrift".

Farben waren für Eva eine der schönsten Belohnun-
gen, die sie durch ihre Arbeit erhielt. Im Sträuchergarten
wurde eine ganze Gruppe von Büschen extra so zusam-
mengesetzt, dass sie während einer Woche im Mai
gleichzeitig in allen Farben des Spektrums der Lichtbre-
chung blühten. Die Mitarbeiter des Botanischen Gartens
setzten viel Arbeit und ihren Ehrgeiz daran, diese Be-
sonderheit am Leben und am Blühen zu halten. In dieser
besonderen Woche fanden die Kaffeepausen und Ge-
burtstagstoasts der Mitarbeiter des Botanischen Institu-
tes und befreundeter Abteilungen der Universität in diesem Bereich statt. Für diese Zeit wurden extra Sitzbänke
und ein Tisch auf dem davor liegenden Stück Wiese auf-
gestellt.

Eva liebte das blasse Blau so mancher Pflanze. Das
war wohl auch der Grund für die Auswahl dieses Buches. Weder der Autor noch der Titel der Erzählung,
knüpften an eine Erinnerung an. Nur diese Farbe, die
liebte sie. Das Blütenjahr begann für sie mit dem Auf-
blühen der blauen Krokusse und setzte sich fort, wenn
die Blüten des Waldveilchens erschienen, die heller waren als die des Gartenveilchens. Doch gab es eine Blume,
die ihr besonders ans Herz gewachsen war. Sie war in
vielen Ländern und auf vier Kontinenten dieses Plane-
ten zu finden. Sie war Gegenstand vieler Sagen, die vom
tagaus und tagein vergeblichen Warten auf einen abwe-
senden Geliebten berichteten. Die "Gemeine Wegwarte"
war diese Pflanze, die sich an vielen Wegrändern, an so
manchen Feldwegen und so gut wie allen Hecken, für
die Stunden des Sonnenlichts, in unerfüllter Erwartung
dem Licht entgegenstreckten. Ihre behaarten Stängel öff-
neten sich zu sternförmigen Blüten, die sich mit dem

Sonnenstand veränderten und sich fortwährend der Sonne zuwandten. Den unterschiedlichsten Sagen nach handelte es sich einmal um verzauberte Königinnen, dann wieder um verwunschene Prinzessinnen oder verlassene Bräute, die alle auf ihre Erlösung warteten, auf die Erfüllung ihrer Sehnsüchte nach dem Geliebten, die jedoch für immer vergeblich blieb. Ein Leben des Wartens auf die Liebe. Mit Honig, Kletten und Wein verkocht heilte die Wegwarte, so jedenfalls nach der Kräuterkunde Hildegard von Bingens, unter anderen Leiden auch die Heiserkeit. Damit half die Kraft dieser Pflanze den Menschen, deren Stimme im Ruf nach der Liebe ermattet war.

Eva klemmte sich ein Polster hinter den Rücken, legte den "Blasmusikpop" zur Seite und vertiefte sich in die "blassblaue Frauenschrift".

Die Sprache des Romans war für Eva sehr fremd und altmodisch. Zugleich hatte sie das Gefühl, sie ginge im Frühjahr an blaugetupften Sträuchern vorbei, wenn sie diese las. Es handelte sich um eine vergängliche Schönheit. Wie die Zeit der Blüte für die Sträucher eine Hoch-Zeit bedeutete, war die Sprache dieses Buches eine Feiertagssprache, die wohl auch zur Zeit des Entstehens des Romans nur bei besonderen Gelegenheiten verwendet wurde. Der Himmel hatte hier ein, "für diese Jahreszeit nacktes beinahe schamloses Frühlingsblau. Die Welt präsentiert sich heute als eine Art von launisch gezwungener Jugendlichkeit einem Apriltage glich". Die Hauptperson neigte dazu, "… dem Lauf der Welt rückhaltlos zuzustimmen. Man trat gewissermaßen aus dem Nichts der Nacht über die Brück eines leichten, alltäglich neugeborenen Erstaunens in das Vollbewußtsein des eigenen Lebenserfolges ein." Eva gefielen diese Bilder. Dann kam der Anlass für den Titel, "ein mahnend, leuchtender Brief", der in blassblau leuchtender Frauenschrift verfasst ist. Der Brief stammt von einer ehemaligen Geliebten der Hauptperson, die um Unterstützung für einen jungen Mann bittet.

Beim weiteren Verfolgen der Handlung riss Eva der Geduldsfaden. Laut merkte sie an:

"Dieser feige Schweinehund Leonidas, zuerst fickt er sie, dann lässt er sie mit seinem Kind sitzen und rechnet ihr 'diese vollständige Einordnung ins Unvermeidbare' hoch an, weil sie ihn nicht in die Pflicht nimmt, Verantwortung zu übernehmen. So ein Arsch. Und dann, als sie ihm einen Brief schreibt, ihr noch vorzuwerfen ihr fehle es an Taktgefühl. Ich lese Dir vor, '… an dieser feinen Kunst, dem Nebenmenschen keine seelischen Schererein zu bereiten.' Was denkt er denn, was sie für Schererein gehabt hat, mit seinem Balg."

Eva war selbst überrascht, wie heftig ihre Reaktion auf den Text geworden war. Sie bemerkte über die zwei offenen Türen hinweg:

"Entschuldige bitte, jetzt habe ich Dich gestört, aber ich habe mich eben über den Typen sehr geärgert."

"Das habe Deinem Ton entnommen, aber Du hast nicht gestört. Du solltest aber an Deiner Sprache arbeiten. Die ist sehr grob. Versuche sorgsam mit der Sprache umgehen, ebenso bedacht, wie Du es mit den Pflanzen tust. Auch die eigene Rede musst Du hegen und pflegen, ansonsten verwildert sie. Die Worte, die Du einem Ereignis oder Gegenstand verleihst, bestimmen auch den Wert, den es anschließend enthält."

"Sorgsam" war ein schönes Wort, dachte Eva. Bisher hatte sie sich nichts dabei gedacht das Ficken auch ficken zu nennen.

Adam setzte fort, dass es ja sein mochte, dass das Wort, für das von ihr bisher erlebte zutreffend war, aber wenn Eva etwas anderes dabei erleben wolle, als sie bisher erfahren hat. Sie könnte ja mit den Worten über ihre sexuellen Wünsche das auszudrücken versuchen, wonach sie Sehnsucht habe. Das war für Eva eine überraschende Überlegung. Sie konnte es ja einmal versuchen und sehen, was dabei herauskam. Adam schwieg und Eva wandte sich wieder dem Buch zu.

Schließlich hatte Adam seine Vorbereitungen für den kommenden Tag abgeschlossen und stand in der Türe.

"Dieser Leonidas meckert über die Juden, zu denen seine Geliebte gehört und er redet schlecht über die Familie seiner Frau, die sehr vermögend ist und diesem Vermögen verdankt er auch seine Karriere. Ich lese Dir vor, 'diese eingebildete, snobistische Millionärsfamilie. Sie' - seine Frau - 'war ja Kraft ihres Reichtums die Herrin über mich.' Während die jüdischen Menschen 'die Vergötterung des bedruckten Papiers' betrieben und manche über '… jene ungeduldige Strenge, die keine anerkannte Wahrheit unwidersprochen hinnimmt' verfügten. Sie verfügen über eine die Wahrheit 'zergliedernde Schärfe'."

Eva sah ihn empört an. Adam lächelte und deutete auf die Bücherregale.

"Da gibt's es so viele, warum musst Du Dich über das eine Buch so sehr ärgern. Such' Dir doch ein anderes. Aber jetzt ganz etwas anderes. Ich habe Hunger, Du womöglich auch. Ich will in kein Lokal gehen. Was hältst

Du davon, wenn wir es uns hier gemütlich machen. Ich komponiere etwas mit Nudeln, Tomaten, Kapern und was ich sonst noch Passendes im Kühlschrank finde."

"Das ist eine gute Idee, mein Appetit hat sich auch schon gemeldet. Deine Idee ist gut, wenn ich inzwischen diese Geschichte, die ja nicht mehr so viele Seiten hat, fertiglesen darf. Ich will jetzt wissen, wie sie ausgeht."

Adam lachte, ging in die Küche und bemerkte im Gehen:

"Sei vorsichtig mit Deinen Erwartungen, das ist kein Kriminalroman, zumindest meine ich mich so daran zu erinnern."

Eva hörte Adam in der Küche hantieren. Nachdem etwas Zeit vergangen war, folgte sie ihm und lehnte sich an den Pfosten der Küchentüre und las weiter.

"Das hier gefällt mir: 'Volltrunken von Hoffnungslosigkeit war ich.' Das kann ich nachfühlen, oder hier 'meine Fantasie überbot sich selbst'."

Sie war nur kurz still: "Und dann wieder das: 'Welch ein unbeschreiblicher Kitzel für mich, als in Vera das Eis der israelitischen Intelligenz schmolz und das entzückende Weibliche hervortrat, in seiner ganzen holden Fremdartigkeit und mit der bindungslosen Hingabe an den Mann, die diesem Stamm eignet'."

Inzwischen hatte sich ein angenehmer, mediterraner Duft in der Küche verbreitet. Adam hackte frisches Basilikum und forderte Eva auf, ihre Lektüre zu beenden. Zum einen sollte sie sich nicht durch ihren Ärger den Genuss der bevorstehenden Mahlzeit verderben lassen und zum anderen könne sie ihm beim Decken des Tisches behilflich sein. Sie dürfe ohnehin anschließend weiterlesen. Adam sagte, während er den Topf mit dem

Essen ins Wohnzimmer brachte, dass er eine Flasche Rotwein geöffnet hätte. Ein wenig davon habe er zum Kochen verwendet und ein Glas für den Koch gebraucht, da wäre noch genug auch für sie vorhanden, wenn sie dies wolle. Eva holte die Flasche und ein Glas für sich aus der Küche, Adam das seine.

Die Mahlzeit war bekömmlich. Eva erzählte ein paar Gartengeschichten und wie sich eine ihrer Sportkolleginnen verletzt hatte. Adam war maulfaul und hörte zu. Nach dem Verräumen des Geschirrs begaben sie sich mit ihren halbvollen Weingläsern zur Couch.

"Wenn Du das willst, kannst Du gerne in Deinem Buch weiterlesen. Ich habe die Tageszeitungen noch nicht durchgesehen, da hätte ich genug zu tun."

"Wenn es Dich nicht stört mache ich das so."

Sprachs, legte sich zwei Pölster zurecht und belegte mit ganzer Körperlänge die eine Seite des Sitzmöbels.

Eva las von den Selbstwertproblemen, welche die Hauptperson der Erzählung, beschreibt und die dieser der Tatsache zuordnet, dass er sich in einem gesellschaftlichen Milieu bewegt, für das er nicht geboren wurde, sondern das er sich erheiratet hatte.

"Leonidas ist ein schwacher Charakter und in seiner Wankelmütigkeit, die entsteht, weil er sich ständig widersprüchlichen Situationen anzupassen versucht. Dem geht's wie mir," meinte Eva laut, die so manche ihrer eigenen Eigenschaften in dieser Figur zu erkennen glaubte. Adam senkte die Zeitung.

"Das kann schon sein Eva, das möchte ich nicht bestreiten. Du kennst Dich besser, als ich das kann, aber Du bist noch keine zwanzig Jahre alt. Dieser Leonidas ist jenseits der Fünfzig und bekleidet mit der Funktion eines Sektionschefs einen der höchsten Beamtenposten des Landes. Das ist kein Jugendlicher auf der Such nach seinem sozialen Ort und seiner Identität."

"An Deinem Gedanken ist schon etwas dran, weil Leonidas denkt ja immer nur an sich. Er glaubt sofort, dass der junge Mann, um dessen Unterstützung ihn seine ehemalige Geliebte bittet, sein Sohn sei. Nach dem diese aus einer jüdischen Familie stammt unterstützt er, entgegen seinen üblichen Verhaltensweisen, völlig überraschend die Bewerbung eines jüdischen Menschen in seiner Kandidatur für einen Lehrstuhl der Medizinischen Universität. Nur, weil diese Frau aufgetaucht ist. Als er dann erfährt, dass es sich nicht um seinen Sohn handelt, ist die Bedrohung seiner instabilen Existenz wieder vorbei und er ist erleichtert. Gleichzeitig glaubt er wieder in diese Frau verliebt zu sein und stammelt Liebesgeständnisse, die einfach nur gelogen sind. 'Wissen Sie, liebste Vera, dass seit achtzehn Jahren kein Tag vergangen ist, an dem ich nicht stumm wie ein Hund gelitten habe Ihretwegen und meinetwegen …'. Das sagt der. So ein Arsch. Ficken will er sie, wie damals vor achtzehn Jahren. Sie wird sich hüten …".

Adam hebt die Stimme mahnend: "Eva, bitte! Deine Sprache!"

"Gut, Du hast recht, schöne Sprache ist gewünscht. Er will ihr beiwohnen. Bei jeder sich bietenden Gelegenheit will er sich einen Vorteil verschaffen. Bitte horch' Dir das an, was dieser verkommene Mensch der Frau sagt, die er im Stich gelassen hat. Das kann man in diesem Fall sogar ganz wörtlich nehmen."

"Eva, beruhige Dich!"

"Hör' Dir das an: 'Dieses Geständnis hatte nichts mehr mit Wahrheit oder Unwahrheit zu tun. Es war nichts anderes als die schwingende Melodie der Erlösung und köstliche Wehmut, die ihn erfüllten, ohne sich zu durchkreuzen.' Da ersäuft ja wirklich einer in seinem ungerechtfertigten Selbstmitleid."

Nach einer kurzen Pause:

"Und wie der lügt!"

Eva schüttelte empört den Kopf.

"Er behauptet, dass er überlegt hat, seinen angeheirateten Reichtum und die Ehefrau für sie zu verlassen. Gottseidank reagiert sie richtig und sagt sarkastisch: 'Wie gut, dass Sie nur nahe dran waren, Herr Sektionschef …'."

Adam erhob sich aus seinem Lehnstuhl und setzte sich zu Eva auf die Couch. Auch sie hatte sich inzwischen aufgerichtet.

"Eva, das ist nur eine Erzählung. Dieser Mensch ist nur erfunden."

Er legte einen Arm um sie und sie ihren Kopf an seine Schulter. Sie las laut in dem Buch weiter. Es ging erkennbar dem Ende zu.

" 'Er gähnt inbrünstig. Es ist alles glänzend verlaufen. Die Sache mit Vera ist endgültig aus der Welt geschafft. Ein unglaubliches Wesen, diese Frau. Sie hat mit keinem Wort insistiert. Wäre ich selbst nicht, wieder einmal vom Teufel geritten, sentimental geworden, hätte ich nicht erfahren, nichts, und wir wären in tadelloser Haltung auseinandergegangen. Schade! Mir wäre wohler ohne die Wahrheit!' Das ist wirklich die Höhe, kein Bedauern über seinen verstorbenen Sohn, keine Nachfrage wie es Vera in der Zwischenzeit ergangen war."

Evas Ton war wieder heftiger geworden und Adam versuchte sie zu beruhigen.

"Adam, diese Typen gibt es wirklich. Kathi hatte einmal so einen Freund, der war schon älter. Erst fickte er sie, dann linkte er sie um ihre Ersparnisse und redete dann auch noch schlecht über sie, als sei sie, er sagt wirklich 'diese Hure', selbst an allem schuld gewesen."

Adam nahm die Hand von ihrer Schulter.

"In naher Zukunft müssen wir über Deine Sprache reden, die ist sehr derb und irritiert mich bei unseren Gesprächen. Aber jetzt lesen wir noch dieses Buch fertig. Das geht jetzt schnell."

"Diese Schlusssätze verstehe ich nicht. Was hat das jetzt mit der Geschichte zu tun? Da steht: ' ... weiß Leonidas mit unaussprechlicher Klarheit, dass heute ein Angebot zur Rettung an ihn ergangen ist, dunkel, halblaut, unbestimmt, wie alle Angebote dieser Art. Er weiß, daß er daran gescheitert ist. Er weiß, daß ein neues Angebot nicht wieder erfolgen wird.' Weiß Du, was dieses Angebot gewesen sein soll? Mit der Ex nach Montevideo abhauen? Einen Juden zum Uniprofessor machen? Das sind doch keine Angebote zur Erlösung, und was ist eine unaussprechliche Klarheit? Für mich schafft etwas, worüber ich nicht sprechen kann, nur Unklarheit. Das ist ein schwacher Schluss!"

"Es ist möglich, dass Du Recht hast, aber ich habe nur mehr undeutliche Erinnerungen an die gesamte Erzählung. Ich dachte damals, dass dieses Angebot zur Rettung ein Eingeständnis seines Seitensprungs und der Folgen gegenüber seiner Frau gewesen wäre, aber genau weiß ich es nicht mehr."

Adam blickte auf die Uhr und bemerkte:

"Es ist spät geworden. Wollen wir noch ein Glas Wein oder ein Bier trinken?"

"Lust darauf hätte ich schon, aber ich muss morgen früh raus."

Eva war aufgestanden und zog sich in der Garderobe die Schuhe an.

"Soll ich Dich nach Hause fahren?"

"Nein danke. Ich bin mit dem Fahrrad da und es regnet nicht. Sehen wir uns morgen?"

"Ich hoffe schon."

Diesen Sommer herrschte meist gutes Wetter und Eva fuhr hauptsächlich mit dem Fahrrad zur Arbeit. Es war nur ein kleiner Umweg, um Adam zu besuchen. Sie rief kurzfristig an und fragte, ob sie ungelegen käme. Dies war selten der Fall. Bei einem dieser Besuche lud sie Adam zu einem Gegenbesuch in ihre Wohnung ein.

"Ich komme gerne. Ich bin ein neugieriger Mensch und habe mich schon manches Mal gefragt, wie Du wohl wohnst."

"Du könntest mich am kommenden Donnerstag besuchen, da ist ein Feiertag. Ich habe arbeitsfrei und kann etwas zum Essen kochen."

"Das ist eine wunderbare Idee."

Nach kurzem Nachdenken.

"Ist das wirklich ein guter Einfall, wenn Du Deinen freien Tag in der Küche verbringst? Wir könnten ja in einem Restaurant essen und zuvor, oder nachher zu Dir gehen."

"Nein, das ist schon in Ordnung. Ich koche gerne und für zwei Personen machte es ohnehin mehr Spaß, als für mich allein. Wichtig ist nur, dass ich dafür genug Zeit habe, unter Zeitdruck ist es stressig."

"Dann soll es mir recht sein und ich komme gerne. Was hältst Du davon, wenn ich den Wein und die Nachspeise mitbringe?"

"Das ist eine nette Idee. Ich habe mich noch nicht entschieden, was ich kochen werde. Da warte ich die Angebote am Wochenmarkt ab. Rotwein passt auf jeden Fall, nachdem der inzwischen sogar zu Fisch gereicht werden kann. Apropos, was magst Du nicht essen?"

"Tintenfisch und Innereien, ansonsten passt alles. Ich gehe davon aus, dass Du ohnehin nicht in Fett triefenden Schweinebraten auftischen willst."

Wenige Tage später öffnete Eva die Eingangstüre und Adam staunte. Bisher hatte er sie noch nie in einem Kleid gesehen. Sie hatten sich während und nach der Arbeit getroffen, da trug sie nur Hosen, hauptsächlich Jeans. Sie öffnete in einem schräg geschnittenen, dunkelroten Oversize-Shirt und einem schwarzen Minirock. Nach einem überraschten Blick und der Bemerkung, dass er wohl underdressed sei, zog ihn Eva an der Hand in die Wohnung.

Nach einem kurzen Flur, zwei Türen auf der einen Seite, wahrscheinlich Bad und WC, erkannte er auf der anderen Seite eine kleine Abstellkammer, ehe er in einen Raum mit der Größe von rund vierzig Quadratmetern trat. Beim Eingang befand sich links eine Küchenzeile, die mit einer halbhohen Mauer vom Essbereich getrennt war. Unter einem großen Fenster stand eine breite Sitzecke mit einem Couchtisch und einem Fauteuil mit beigestellter Leselampe. Gegenüber befand sich eine Wohnwand mit Fernseher, Musikanlage, Büchern und Nippes. Ein großer Teppich mit indianischem Muster bedeckte einen Teil des Bodens. Blumen und Pflanzen in großer Zahl schmückten den Rest. Adam war staunend an der Türe stehen geblieben, als ihn Evas Ellenbogen an den Oberarm stupst.

"Und, gefällts Dir?"

"Du hast ja eine tolle Hütte. Da staune ich aber."

"Das hättest Du mir nicht zugetraut?!"

"Ja, nein, ich weiß nicht. Ich habe darüber gar nicht nachgedacht, wie Deine Wohnung ausschauen könnte und doch bin ich überrascht."

"Den Teppich hat mir meine Mutter geschenkt. Sie hatte ihn aus Südamerika mitgebracht. Alles andere habe ich selbst gestaltet. Dabei musste ich heftig die Versuche meiner Mutter abwehren, ihren Stil durchzusetzen."

"Deine Wohnung spürt sich gemütlich an und ich kann mir gut vorstellen, dass Du Dich hier wohl fühlst."

Adam überreichte ihr die Nachspeise. Eva hob die Abdeckung und roch daran.

"Das duftet betörend. Was ist das?"

"Ein Key-Lime-Pie, eine Limonentorte."

"Das wird der krönende Abschluss, aber jetzt ab mit Dir."

Sie schubste ihn in das Zimmer.

"Soll ich den Wein zum Atmen öffnen?"

"Nein danke, ich habe schon einen passenden geöffnet," sagte sie und weiter, "setz' Dich nur hin, sei brav und gib Ruhe."

"Sehr wohl, Eure Gestrenge."

Adam tat wie gewünscht. Erst jetzt bemerkte er den appetitanregenden Duft aus der Küche und die rhythmische, ihm fremde Musik, die aus den Lautsprechern tönte. Er setzte sich auf die Couch und sank leicht ein.

"Dieses Teil ist ja gut zum Knotzen", rief er in die Küche.

"Ja, Du hast Recht, aber mache es Dir nicht zu gemütlich, gleich gibt's die Suppe."

"Welche Musik hörst Du da?"

"'Ihene Aiko', die ist derzeit die Nummer zwei meiner Favorits. Wenn Du Lust und Zeit hast, können wir nachher noch die Nummer eins hören, da habe ich auch Videos."

"Fünf Minuten werden sich schon ausgehen", bemerkte Adam grinsend und dachte sich gleichzeitig, dass er mit diesen blöden Scherzen ein Ende finden sollte, sie bedeuten nur, dass er unsicher und aufgeregt war. Meistens gehen sie anderen Menschen ohnehin auf die Nerven.

"Na gut, dann bleibt mir halt der Nachtisch allein. Aber jetzt komm zum Tisch."

"Was ist das Geiles?"

Schon wieder diese Jugendsprache. Er appellierte nochmals an sich, mit dieser aufzuhören.

"Wie bitte? Hier musst Du schön sprechen!"

Auch Eva war überrascht von diesen Tönen.

"Ich meinte diese intensive rot-grüne Farbe der Suppe."

"Das ist eine Bärlauch-Radieschen-Suppe, für Dich extra aus dem Botanischen Garten entnommen. Die Arbeiten im Bauerngarten haben ihre Vorteile."

Hatte Adam schon die Farbe gefallen, so geriet er beim Geschmack vollends in Begeisterung.

"Dieser Geschmack nach Knoblauch und die Schärfe der Radieschen, das ist eine spannende Kombination. Wo hast Du dieses Rezept entdeckt?"

"Ich weiß nicht mehr, wo ich davon gelesen habe. Als ich letztes Jahr die Zutaten im Garten gesehen hatte, erinnerte ich mich an dieses Rezept, und nach mehreren Versuchen, habe ich das passende Mischungsverhältnis gefunden."

"Eine feine Abstimmung, auch ohne Rahm oder Sahne. Wie bindest Du die Flüssigkeit?"

"Auch da habe ich verschiedene Möglichkeiten versucht, diesmal mit etwas Maisstärke."

"Die versteckt sich sehr gut. Ich hätte nicht erwartet, dass Du eine derart gute Köchin bist."

"Du glaubst es nicht, aber in mir lauern verborgene Schätze."

Eva durfte das, dachte Adam, sie durfte Scherzen und jugendlich sein, aber er sollte nicht aus der Rolle fallen. Sich anbiedern und übertrieben locker sein, das war nicht er. Adam lachte.

"Das glaube ich sofort."

Eva begab sich wieder in den Küchenbereich und Adam blieb am Tisch sitzen. Da bewährte sich die offene Mauer, er konnte mit ihr weiterplaudern, während sie am Herd hantierte.

"Was höre ich da aus Deiner Stereoanlage? '… Einsteinwurf vom Glashaus entfernt …'?"

"Nein, da singt der Dendemann. Der kommt aus Deutschland und kann deshalb kein ordentliches Deutsch sprechen, in diesem Fall wohl besser singen. Der Text lautet 'einen Steinwurf vom Glashaus entfernt'. Die da draußen verschlucken das 'en', die Endung des Wortes 'einen', so hörst Du 'Einsteinwurf'."

Eva goss Wasser ab, mischte Gewürze in einen Topf, den sie wieder ins Backrohr stellte. Adam zog die Luft durch seine Nase. 'Thymian? Nein, Rosmarin.' Ein Deckel klapperte und Dendemann sang weiter: "Ja, endlich wieder, Zeit, Zeitum-, Zeitumstellung/endlich wieder Zeit, um Stellung zu beziehen. Ich würd' echt lieber chillen, aber Papa Staat hat die rechten Bazillen …". Adam blickte wieder zu Eva, als das Fett in der Pfanne zischte. Etwas wurde gebraten und Adam grinste, als er sagte: "Ich wusste gar nicht, dass ich hier in einem links-linken Haushalt gelandet bin."

"So etwas gibt's doch gar nicht, das ist alles rechte Regierungspropaganda und außerdem hat er doch Recht, oder nicht?"

Sie lachte.

"Wenn nicht, dann gibt es kein Essen mehr", setzte sie fort.

Beim Wenden der zu bratenden Teile zischte das Fett wieder auf.

"Wie heißt diese Musikrichtung? Ist das 'Rap'?"

"Das weiß ich nicht, ist mir auch egal. Seine Sachen gefallen mir."

Adam erinnerte sich: "Als ich noch jünger war, gab es eine Musik, die hieß 'Kraut-Rock', möglicherweise ist das 'Kraut-Rap'."

"Wie immer das heißt, bald gibt es den nächsten Gang. Schenkst Du bitte den Wein in die Gläser, mir auch ein Glas mit Wasser."

Dendemann sang weiter: "Noch eine Sache bevor ich mich subtrahiere/ denn alles was ich wirklich will/ ist einfach nur kurz mal/ die Regierung … Regierung … Regierung stürzen."

Eva kam mit Töpfen und Pfannen an den Tisch. Sie öffnete die Töpfe, verteilte Rosmarinkartoffeln, junge Fisolen und Lammkoteletts auf die Teller. Adam hob sein Glas zum Toast und bedankte sich für diese wunderbare Einladung. Eva, die schon zu essen begonnen hatte erwiderte kokett, dass er noch nicht wissen könne, ob ihm die Speise schmecke, wenn er, anstatt zu essen, Ansprachen halte.

Während der folgenden Minuten waren beide in den Genuss ihres Essens vertieft. Gelegentlich trafen sich ihre Blicke, ein Lächeln und zum Weiteressen ermunternde Gesten waren ihre Kommunikation. Nach einer nachgereichten, jeweils halben Portion als Nachschlag, sanken sie gesättigt in ihre Sessel zurück.

"Das war unglaublich gut. Eva, wie machst Du das?"

"Ich weiß es nicht. Mir ist diese Speise noch nie so gut gelungen, wie heute. Möglicherweise liegt das am Gast."

"Natürlich bin ich die Ursache. Immer sind die Männer am Unglück der Frauen schuld und immer auch der Angriff auf die Kleinen und Dicken, das ist zu einfach."

Eva lachte: "Klein stimmt nicht."

Adam wartete vergeblich auf eine weitere Ergänzung. Nach einer Pause schloss er an: "Das andere ist nur vorübergehend. Du kannst mich nicht derartig gut abfüttern und anschließend Kritik an den Folgen meiner Esslust üben."

"Ich habe doch gar nichts gesagt", mimte Eva empört, "Du hast mit dem Hinweis auf Deine Körperfülle begonnen."

Eva erhob sich und begann damit, Teller und Bestecke zusammenzustellen.

"Los! Bevor wir zu streiten beginnen gibt es etwas Arbeit zu tun. Anschließend machen wir es uns auf der Couch gemütlich. Für die Nachspeise bin ich im Augenblick zu satt. Essen wir sie später?"

"Ja bitte und auch erst dann den Kaffee. Bei mir geht derzeit nichts mehr."

Anschließend nahmen sie wieder Platz genommen. Dendemann sang schon wieder: "Noch eine Sache bevor ich mich substrahiere/ denn alles was ich wirklich will/ ist einfach nur kurz mal/ die Regierung, Regierung, Regierung stürzen ..."

Eva nahm die Fernbedienung in die Hand und sagte: "Wir stürzen erst einmal den Dendemann. Dabei haben die da draußen gar nicht unsere Regierung. Ehe wir nun vollends in die Anarchie stürzen, brauchen wir wieder musikalische Frauenpower. Ich habe Dir die Erste auf meiner derzeitigen Bestenliste angekündigt. Sie heißt Rosalia. Sie stammt aus Barcelona und hat dort acht Jahre den Flamenco gelernt, Gesang und Tanz. Der Flamenco-Gesang, der mir schon in seiner traditionellen Form sehr gefällt, hat so viele Feinheiten in der Darstellung der Gefühle. Die Codes des Ausdruckes sind dabei ungemein sinnlich und körperlich. Rosalia gelingt die Verbindung dieser uralten Gesangskunst mit ganz moderner Kompositionstechnik. Sie ist mit ihrem neuen Album 'El Mal Querer' meine absolute Lieblingskünstlerin."

Eva hantierte mit der Fernbedienung, um am Fernseher den Internetanbieter anzuwählen. Währenddessen erzählte sie weiter und geriet in begeistertes Schwärmen.

"Diesen Songs liegt eine zusammenhängende Geschichte zu Grunde, eine okzitanische Novelle oder besser eine Verserzählung aus dem 13. Jahrhundert, 'Le Roman de Flamenca', in der ein eifersüchtiger Ehemann seine Frau in einem Verlies einschließt und quält. Es handelt sich anfangs um eine Geschichte von Liebe, Begehren, sexueller Gewalt und Unterwerfung.

Letztendlich geht es aber um Befreiung und Selbstermächtigung der Frau, die zur Herrin ihrer eigenen Geschichte wird."

Adam staunte über die Begeisterungsfähigkeit dieser jungen Frau. Sie erzählte ihm auch von den Hintergründen der Erzählung und ihrer Erforschung, mit der sie sich zu beschäftigen begonnen hatte, als sie sich im Internet über die alte Erzählung zu erkundigen begann. Sie berichtete von der imponierenden Kraft dieser Frau aus dem Mittelalter, deren Geschichte wohl von einem Mann aufgeschrieben worden war, aber das wisse man nicht so genau und wie sich diese Erzählung, die Person der Sängerin und ihre Musik zu einem Idol geformt hatten. Adam wusste nicht, was er an Eva mehr bewunderte, die Hartnäckigkeit, mit der sie sich in ein, interessantes Thema vertiefen konnte, oder ihr Temperament, das sie während der Darstellung entwickelte.

"Hören wir in die Musik hinein, dann verstehst Du mich besser. Es handelt sich um keine Musik, die der ähnelt, die ich bei Dir gesehen und gehört habe, also sag' mir bitte, wenn Du sie nicht magst. Sollte sie Dir aber gefallen, dann können wir uns auch Videos anschauen, die für diese Lieder gedreht worden sind, sagte Eva."

"Das ist ein guter Vorschlag. Ich bin schon neugierig geworden. Bisher fand ich die Musik, die Du hörst, neu und durchaus interessant."

Mit der Fernbedienung in der Hand zog sie ihre Beine auf die Couch und merkte, dass ihr kurzer Rock allzu weit die Schenkel hinaufgerutscht war. Mit einer Entschuldigung verschwand sie kurz und kam in einer weiten Hose zurück. Sie winkelte die Beine wieder an, lehnte sich an Adam und startete die Musik.

War er zurückgezuckt, als sie ihn berührte? Adam war sich nicht sicher. Wohl hatte er nur diesen Impuls gehabt, der Berührung auszuweichen, und war ihm jedoch nicht gefolgt. Wozu auch? Diese vertrauliche Geste war ihm angenehm. Seine Sympathie für Eva war heute, während seines Besuches, deutlich angewachsen. Seit er mit seinen Kindereien ein Ende gefunden hatte, fühlte er sich in ihrer Gesellschaft wohl. Nein, er war nicht zurückgezuckt. Er hatte keinen Grund dazu. Das rhythmische Klatschen, das den ersten Song Rosalias begleitete, verlangte seine Aufmerksamkeit.

War er zurückgezuckt, als sie ihn berührte? Wenn das der Fall gewesen sein sollte war er schnell wieder an seinen Ausgangspunkt zurückgekehrt und lehnte wieder wohlig an ihr. Warum auch nicht? Dieser Abend verlief sehr wohltuend und das Zusammensein mit diesem Mann wurde ihr immer angenehmer. Sie fühlte sich in seiner Gesellschaft behaglich. Seltsam war nur, dass ihr der Altersunterschied kaum noch bewusst war.

"Malamente" sang Rosalia. Schlecht, ganz schlecht war es, dass das Mädchen im Lied zur nächtlichen Stunde die Sterne und den Mond sah. Das weissagte das Zigeunermädchen in dem Song und das versprach auch der zerbrochene Kristall.

Eva sah wiederholt zu Adam und freute sich darüber, dass er diesem und den folgenden Nummern aufmerksam folgte. Schließlich drückte sie die Pause Taste.

"Mir scheint, Dir gefällt diese Musik. Was hältst Du davon, auch die Videos dazu anzusehen? Wir könnten Kaffee trinken und Deine Nachspeise verzehren."

"Das ist eine gute Idee. Darf ich inzwischen Dein WC benützen?"

"Aber sicher."

Adam betrat das stille Örtchen und traf das Mädchen Eva, das draußen schon eine starke Frau war. Spülkasten und WC in blassblauer Farbe, Wölkchen an der Decke, eine Eisbärenborte die Wände entlang und einen Tageskalender zum Abreißen, mit Bildern und Sinn-Sprüchen "Für starke Mädchen". Nachdem einige Zeit vergangen war, hörte er von draußen Evas Stimme.

"Was ist mit Dir los, bist Du eingeschlafen?"

"Nein, ich lerne Dich nur besser kennen."

Sie lacht.

"Am WC?"

"Nein, an Deinen Vorsätzen für den Tag."

"Daran halte ich mich aber nicht immer."

Adam beeilte sich.

Nach den ersten Bissen des Kuchens und einem Schluck Kaffee, betätigte Eva die Fernbedienung. Sie lehnten sich wieder aneinander, als 'Rosalia' mit den Stierkämpfern durch "Malamente" tanzte und auf dem Motorrad fahrend Windmühlen anzündete. Sie erzählte die alte Geschichte nach, indem sie den Schmerz der Frau singt und wirkt dabei besonders verstörend, wenn sie aus der Perspektive des schlagenden Ehemannes in seiner weinerlichen Zunge singt, dass er noch viel mehr unter den Schlägen leide, die er seiner Frau zufügen müsse, da sie ungehorsam sei. Die Frau arbeitet sich in den darauf folgenden Songs aus ihrem Leid heraus und am Schluss, in "A Ningún Hombre", verspricht sie, sich nie mehr einem Mann zu unterwerfen, der ihr die Freiheit nimmt und ihr Begehren einschränkt: "A ningún hombre consciento/ que dicte me sentencia".

Adam beeindruckte die Kraft der Texte und die mächtigen Bilder der Videos. Wiederholt hatte er von der Kunstform der Musikvideos gelesen, sah sie jedoch heute zum ersten Mal. Stark war der Film zu "Di Mi Nombre" in dem Rosalia. Beeindruckend, wie sie, die 'Bekleidete Maya' von 'Goya' imitierend, auf einem Bett liegt und sich dem begehrenden Blick ausliefert, aber diesen wie ein Spiegel zurückwirft und auf diese Weise abweist.

Heute lernte Adam eine Eva kennen, die er bisher nicht gesehen hat. Stark, selbstbewusst mit kräftigen Frauengestalten identifiziert und unglaublich interessant. Hatte er diese Eva bisher nicht gesehen, so hat er sie wahrscheinlich gespürt. Er fühlte sich stark zu ihr hingezogen.

Eva schaltete das Gerät aus.

"Und? Hat es Dir gefallen."

"Ja, sehr. Ich kenne diese Kunstformen des Tanzes und des Musikvideos kaum, aber das Gezeigte war wirklich stark. Wo hast Du so gut die spanische Sprache gelernt?"

"Ich hatte in der Schule Spanisch als zweite Fremdsprache belegt und dieses Fach war zum Schluss das Einzige, das mich noch interessierte. Ich muss auch gestehen, dass wir einen sehr hübschen Spanier als

Zusatzlehrer hatten, was meinem Ehrgeiz beim Lernen sicherlich nicht geschadet hatte."

Sie blickte auf die Uhr.

"Es ist schon spät. Morgen muss ich arbeiten. Wir müssen Schluss machen."

Das nächste Zusammentreffen der Beiden erfolgte früher, als sie erwartetet hatten. Sowohl Eva als auch Adam hatten in den auf den Feiertag folgenden Tagen mehrere andere Verabredungen und rechneten nicht mit einer zeitnahen Begegnung, als sich eines Nachmittags der Himmel verdunkelte und mit Grollen ein Gewitter ankündigte. Es war einer der Tage gewesen, an denen Adam gerne ins Büro radelte. Mit dem Auto fuhr er nur, wenn er im anderen Fall das morgendliche Gedränge der Schulkinder im Bus nicht vermeiden konnte, da er den ersten Gesprächstermin des Tages nicht selbst bestimmen konnte, oder am Morgen verschlafen hatte. Die Fahrt mit dem Fahrrad war ihm die liebste Anfahrt ins Büro, denn die bedeutete, dass schönes Wetter herrschte und der Weg den Fluss entlang ihn angenehmer in den Tag starten lies als andere Möglichkeiten.

Adam hatte im Büro beim beginnenden Donnergrollen einige Unterlagen gepackt und war unter Begleitung der ersten, dicken Regentropfen eben noch unbeschadet zu Hause angekommen. Er freute sich darüber, dass er seinen neuen, dunklen Anzug, den er während der Arbeit tragen musste, und auch die Arbeitsunterlagen ohne größeren Schaden ins Trockene gebracht hatte und bügelte soeben die Feuchtigkeit aus der Hose, als es klingelte. Adam warf sich den Bademantel über und öffnete die Eingangstüre. Davor stand Eva, vor Nässe triefend.

"Entschuldige bitte die Störung, aber darf ich mich bitte unterstellen, bis der ärgste Regenguss vorbei ist? Mich hat es am Heimweg voll erwischt."

"Klar, komm herein und geh' durch bis ins Badezimmer. Ich bringe Dir trockene Kleidung und frische Handtücher."

Eva huschte ins Bad und Adam suchte im Schlafzimmerkasten nach frischen Badetüchern. An der Badezimmertüre hielt er die Tücher hinein und empfahl ihr, warm zu duschen, um sich keine Erkältung zuzuziehen. Sie könne ihre nasse Kleidung in der Zwischenzeit auf den Trockner hängen. Am Rauschen des Wassers erkannte er, dass Eva seinem Vorschlag gefolgt war. Inzwischen kramte er in seinem Kleiderschrank nach Shorts und einem seiner T-Shirts. Als er hörte, dass sie ihr Duschbad beendet hatte, reichte er die trockenen Kleider durch einen Spalt der geöffneten Türe. Das Shirt war ihr zu eng und Adam suchte ein weites, abgetragenes heraus. Als Eva aus dem Bad trat, wollte er erst nur sehen, ob die Kleidungsstücke für sie geeignet waren, bemerkte aber, dass er seinen Blick kaum von ihren, sich deutlich abzeichnenden Brüsten lösen konnte. Ja klar, dachte er, der BH ist auch nass geworden und musste ebenso trocknen. Eva bemerkte diesen Blick und war Adam nicht böse. Sie verspürte eher so etwas wie Stolz, als er sie das erste Mal als Frau wahrnahm. Diese Einsicht ließ ihr einen leichten Schauer über ihren Körper ziehen, von dem eine Gänsehaut zurückblieb. Er bemerkte ihre, sich spitz abzeichneten Warzen und sagte, ihre Reaktion missverstehend: "Nimm auf der Couch Platz, da liegt auch eine Decke, wenn Dir kalt ist. Soll ich Dir eine lange Sporthose raussuchen?"

"Nein Danke, das geht schon so. Es war heute ohnehin den ganzen Tag sehr heiß. Mich fröstelt nur der Kontrast nach der heißen Dusche."

"Im Badezimmer wird es jetzt sehr feucht geworden sein. Ich stelle noch den elektrischen Heizer an, dass Deine Sachen trocknen können."

Im Bad stellte Adam das Gerät an und widerstand nicht der Versuchung, nach Evas Unterwäsche zu sehen. Schwarz glänzendes Material hing vor ihm, die Ränder mit ebensolchen Spitzen besetzt. Was für ein Kontrast zu den Jeans, die sie während der Arbeit darüber trug, dachte er. War das Seide? Eine tastende Untersuchung, um das Material zu ermitteln, kam ihm in den Sinn, dieser Neugier widerstand er.

Zurück im Wohnzimmer setzte er den unterbrochenen Bügelvorgang fort. Eva hatte sich doch in die Decke gewickelt und bemerkte amüsiert, dass Adam der erste Mann sei, den sie bügeln sehe. Er sei eben ein emanzipierter Mann, durchaus allein lebensfähig, konterte er. Er brauche keine Ersatzmami, die sich um ihn kümmere. Apropos kümmern, er müsse noch ungefähr eine Stunde in seinem Arbeitszimmer, ein Gespräch für morgen früh vorbereiten, sagte er, ob er sie sich selbst überlassen könne?

"Du kennst den Haushalt, bitte bediene Dich und nütze, was Du brauchst. Soll' ich noch Tee zubereiten?"

"Ein Kräutertee wäre fein", und nach kurzem Nachdenken, "bitte Kamillentee".

"So etwas ist im Haus."

Adam brachte ihr eine Tasse, nach Rücksprache gesüßt mit einem Löffel Honig. Dann zog er sich in sein Arbeitszimmer zurück. Durch die nur angelehnte Türe hörte er nach kurzer Zeit einen Bericht über Fischschwärme und Weiße Haie. Eva hatte das Fernsehgerät eingeschaltet. Adam nahm Einblick in seine Unterlagen und studierte auf dem Bildschirm seines Computers die Schlusskurse der Börse in Frankfurt und die Eröffnungskurse in New York. Morgen früh musste er nur noch die Schlusskurse von New York einarbeiten und die Eröffnungskurse in Tokio studieren, dann konnte er, wenn in der Nacht kein Unglück über die Welt hereinbrach, seine Vorschläge präsentieren.

Als er später wieder in sein Wohnzimmer trat, jagten auf dem Bildschirm seines Fernsehers Thunfische und Delfine hinter einem Makrelenschwarm her, ein glitzerndes Getümmel im Indischen Ozean vor Südafrika. Als die einen Tiere gefressen und die anderen gesättigt waren, fand auch der Film ein Ende und Eva schaltete das Gerät ab. Inzwischen hatte sie sich von der Decke befreit und aufgesetzt.

Sie fragte: "Bei all dem Fressen habe auch ich Hunger bekommen. Hast Du etwas Essen im Haus?"

"Nicht viel. Es tut mir leid. Mein Wocheneinkauf steht erst morgen bevor und ich habe nicht mit Deinem Besuch gerechnet. Wir könnten Essen gehen."

"Meine Kleidung ist sicherlich noch nicht trocken und so", sie sieht ihren Körper hinab, "kann und will ich in kein Lokal gehen."

"Ich habe nicht daran gedacht, entschuldige bitte. Wir können uns etwas liefern lassen. Pizza oder Chinesisch, was ist Dir lieber?"

"Chinesisch", entschied Eva.

Sie bestellten Frühlingsrollen und Ente, dazu Reiswein. Die Wartezeit nützte Eva, um Adam zu fragen, was er denn vorzubereiten gehabt habe.

"Du weißt ja, dass ich mich für meine Bank um die Vermehrung des Geldes von wohlhabenden Kunden kümmere. Dieser Beruf heißt Anlageberater und morgen steht wieder ein eher dramatisches Gespräch mit einem über achtzigjährigen Kunden und Vertretern seiner künftigen Erben an, die eine Umschichtung seiner langfristigen Anlagen überlegen. Diese künftigen Erben fürchten um das Geld, das sie bald einmal kriegen sollen, aber über das sie derzeit nicht verfügen können. Ich halte den jetzigen Zeitpunkt für eine derartige Aktion nicht für günstig und habe zur Unterstützung meiner Argumente Unterlagen zusammengestellt."

"Warum tust Du nicht einfach was die wollen."

"Diese langjährigen Kunden, die mir über so manche ökonomisch schwere Zeit die Treue gehalten haben, sind die Grundlage meines Einkommens. Ich fühle mich ihnen verpflichtet und biete die meiner Meinung nach beste Möglichkeit, zur Anlage ihres Geldes an. Meine Berufskollegen versuchen die Märkte, auf denen die Anlagemöglichkeiten gehandelt werden, mit immer feineren Maschinen und Methoden zu durchschauen, zu berechnen oder gar zu lenken. Doch bleibt es meiner Meinung nach immer beim menschlichen Faktor als dem natürlichen und wichtigsten Element. Welchen Druck beispielsweise morgen die künftigen Erben ausüben, hängt von ihrem emotionalen Verhältnis zum künftigen Erblasser ab, das wiederum von der gemeinsamen Geschichte, manchmal von Geburt an. Von ähnlichen Mechanismen hängt auch ab, ob ich ein Produkt auf den Markt bringe und ein anderes kaufe. Auch das manches Mal schwer kalkulierbare politische Wahlverhalten der Bevölkerung spielt eine Rolle. Es hat Folgen für die Entscheidungen, ob mit der Erbschaftssteuer oder mit der Schenkungssteuer im Übergabefall mehr verloren wird, aber auch welche Form des Vermögenszuwachses höher besteuert wird. Der Markt für Anlegervermögen ist kaum berechenbar. Das Her beeinflusst das Hin und dieses schließlich wieder das Her. "Panta rhei" könnte man mit dem klassischen griechischen Philosophen Heraklit sagen, alles fließt. Das hört erst auf, wenn Du Dein Kapital aus dem Spiel nimmst, was dann eine "Glattstellung" bedeutet, so heißt das in der Fachsprache. Das wollen meine Kunden nicht, sie wollen ihr ansonsten totes Geld, das sie ja nicht zum Leben brauchen, auf diesem Markt vermehren und dadurch sozusagen zum Leben erwecken. Mein Einsatz bringt Zinsen und diese, so man sie im Markt belässt Zinseszinsen. Sozusagen den Zins säen und dafür Zinseszins ernten. Diese Leute finden den Verbrauch von Geld höchst banal. Das nicht nur, weil sie dafür ohnehin noch genug anderes Geld haben. Das angelegte Geld verlangt nach einer Nochmal-, Nochmal- und Nochmal-Anlage und wird durch meine aufmerksame Gestaltung dieses Prozesses immer mehr. So macht angelegtes Geld mehr Geld, noch mehr Geld und noch mehr Geld."

"Wie hältst Du das aus, den ganzen Tag diese reichen Arschlöcher zu noch reicheren Arschlöchern zu machen? Du wirkst ja wie ein relativ normaler Mensch". Eva lachte. "Bei so einer Arbeit trägt man doch einen Schaden davon."

"Diese Arbeit habe ich gelernt und ich bin davon überzeugt, dass unerfreuliche Tätigkeiten zur Arbeit für Geld dazugehören, sonst würde sie uns nicht bezahlt. Du wirst auch nicht mit jedem Kaktus gleich gerne arbeiten, wie, sagen wir einmal mit dem Bauerngarten."

Die Lieferung des Essens ließ noch immer auf sich warten und für Adam bot sich selten die Gelegenheit seine Arbeit darzustellen. Eva hörte ihm immer noch interessiert zu, also setzte er fort.

"Meine Kollegen arbeiten gerne mit versicherungsmathematischem Müll und reden von Lebenszyklusfonds und von AS-Fonds, für Dich deutlicher, Alters-Vorsorge-Sondervermögen. Haben sie ihre Kunden mit ihrem Experten-Wischiwaschi so weit, dass sie ihrem Kauderwelsch nachgeben und auf Alarm schalten, dann spielen sie sich als heldenhafte Retter ihres Vermögens auf. Das ist dann wie bei einer Sekte. Die Anleger sitzen da, mit roten Backen, lechzender Zunge und, wie Dagobert Duck im Comic, mit lauter Euro-Zeichen in der Denkblase. Die Berater bauen dann Wertschöpfungsketten und ähnlichen Schwachsinn. Oft gehen sie dann trotzdem unter, weil in diesem Geschäft halt nichts objektiv ist. Dieses verläuft für reine Mathematik viel zu emotional. Vor kurzem hat man so ein Unding wie das Kapitalmarktinformationshaftungsgesetz ins Parlament gebracht, um dieses verantwortungslose Getue einzugrenzen. Was passiert? Schon gibt es ein zusätzliches Geschäft für die Versicherungen, die bereits ein Angebot für den Haftungsfall haben und alles bleibt beim Alten."

Eva unterbrach Adams Redeschwall: "Sag' mir, was machst Du anders als diese Leute?"

"Ich arbeite mit gesundem Menschenverstand und einem Gespür für die Welt, das auf vielen Informationen beruht. Mein Gehirn arbeitet ja auch mit Algorithmen, aber zu einer vernünftigen Entscheidung gehört auch Gespür und Intuition, das kann keine Maschine. Ich baue gut gestreute Pakete zusammen, in denen ich riskante Papiere mit sicheren Anlagen ergänze. Das führt zu geringerem, aber beständigerem Wachstum des Kapitals. Bei mir wird man langsamer reich, wie bei den Kollegen, aber es hat noch nie jemand sein gesamtes Geld verloren."

"Warum machen das dann Deine Kollegen anders?"

"Das sind Adrenalinjunkies, denen ist meine Arbeitsweise viel zu langweilig. Außerdem haben sie ein geradezu religiöses Verhältnis zu Prognosen und mathematischen Modellen, die von Computern erstellt werden. Ich komme mit meinem Wissen und meiner Methode gut zurecht."

"Und mit Deinem Gefühl", ergänzte Eva.

"Und mit meinem Gefühl. Das ist wahr, Gespür ist in dieser Arbeit ganz wichtig."

Die Speisen wurden frisch geliefert und die Beiden waren erkennbar am Beginn der Lieferkette gelegen, nicht am Ende, wie es Adam bei diesem Lieferanten auch schon wiederfahren war. Die Speisen waren frisch und knackig. Bei Essen erzählte Eva, dass sie von ihrer Chefin das Angebot erhalten habe, nach erfolgreicher Lehrabschlussprüfung bei der Universität angestellt zu werden. Eine Kollegin sei schwanger geworden und zumindest für die Zeit des Mutterschutzes und der möglichen Karenz könnte sie im Botanischen Garten angestellt bleiben. Sie sei sich ohnehin nicht klar darüber, ob sie tatsächlich ins Ausland gehen möchte und schon gar nicht wohin. Sie habe sich schon längere Zeit zu dieser Frage keine Gedanken mehr gemacht. In dieser Situation käme ihr das Angebot ganz gelegen. Sie werde diese Möglichkeit wohl annehmen.

Adam hatte auch nicht mehr darüber nachgedacht, aber jetzt erinnerte er sich an das Gespräch, es war eines ihrer ersten gewesen. Seither hat sich so Vieles zwischen ihnen verändert, dass er nicht nur Bedauern, sogar großes Unbehagen bei dem Gedanken spürte, sie könnte von hier fortziehen. Sein Zusammensein mit ihr hatte eine große Bedeutung in seinem Leben gewonnen.

Nach dem Essen tratschten sie noch beim letzten Glas Reiswein, ehe ein Blick auf die Uhr das gemütliche Zusammensein unterbrach. Eine Prüfung des Zustandes ihrer Kleidungsstücke bedeutete, dass sie noch nicht verwendungsfähig waren. Das Wetter hatte sich beruhigt, aber es nieselte noch etwas. Adam wollte aufgrund seines Weinkonsums nicht mehr mit dem Auto fahren und Eva wollte sich in ihrer improvisierten Bekleidung keiner Taxifahrt aussetzen. Was lag näher, als Eva anzubieten, die Nacht in seinem Arbeitszimmer zu verbringen. Sie nahm das Angebot an. Adam holte Polster, Decke und Überzüge aus seinem Schlafzimmer. Sie hatten Spaß am gemeinsamen Beziehen des Bettes und sie wichen keiner Berührung aus. Jeder hatte den Eindruck die andere führe den Kontakt mit Absicht herbei.

Später lag Adam im Bett und überlegte, ob er hinübergehen sollte. Lieber wäre ihm, die Türe öffnete sich und Eva würde hereinschlüpfen. Bald wurde ihm klar, dass dies nicht geschehen würde. Außerdem, was würde dann geschehen? Würde er die Gelegenheit nützen, um mit ihr zu schlafen? Ja schon, deutete seine Erektion an, als er sich die Bewegung ihrer Brüste vergegenwärtigte, wie er sie vom Spannen des Leintuches in Erinnerung hatte. Nachdem er aber bei keiner Fee einen Wunsch frei hatte, müsste er wohl selbst aktiv werden. Waren Evas Signale eindeutig genug gewesen, um sich auf das Abenteuer einzulassen, selbst aktiv zu werden?

Auch Eva lag im Bett und dachte nach. Was würde sie tun, wenn Adam jetzt in ihr Zimmer käme? Hatte sie deshalb die Türe nicht verschlossen, um ihm diese Möglichkeit zu geben? Die Gelegenheit zuzusperren bestand immer noch, doch war der dafür passende Augenblick versäumt. Das Geräusch, welches das Schloss machen würde, wäre während der Nacht wohl in der ganzen Wohnung zu hören. Adam könnte dies als Misstrauen interpretieren und einen Besuch gar nicht erst versuchen, wo doch gar nicht klar war, ob sie sich gegen eine Annäherung zur Wehr setzen würde. Lust auf ihn hatte sie schon. Das wäre sicher anders als mit den Bubis.

Adam erwachte vom Geruch nach frisch gebrühtem Kaffee. Das Klappern von Tellern erinnerte ihn daran, dass er heute Morgen nicht allein in der Wohnung war.

War es nur Faulheit, oder auch die Hoffnung gewesen, dass sich ein derartiger Besuch wiederhole? Adam könnte diese Frage nicht beantworten. Jedenfalls war es keine weise Voraussicht gewesen, das Bettzeug nicht abzuziehen und zu waschen, sondern zusammengelegt auf der Couch im Arbeitszimmer zu belassen, als Eva am späten Abend eines ihrer nächsten Besuche fragte, ob sie wieder bei ihm übernachten dürfe. Nur so, aus Gründen der Bequemlichkeit, hatte sie gesagt, und weil mit ihm so nett frühstücken sei.

Adam hatte Eva gerne um sich. Sie war imstande sich selbständig zu beschäftigen und er musste sich in ihrer Anwesenheit kaum in dem einschränken, was er tun wollte. Außerdem empfand er ihre jugendliche Lebendigkeit angenehm und anregend. Es geschah wie selbstverständlich, dass er sie fragte, ob sie ihn am Ende der kommenden Woche nach Wien begleiten wolle. Er habe am Freitag Kundengespräche zu führen, aber danach Zeit für sie und um einen zusätzlichen Tag in Wien zu bleiben, wenn sie ihn begleite. Die üppigen Reisespesen, die er erhalte, könnten sie mit ernähren und sollte sie das Hotelzimmer mit ihm teilen wollen, entstünden ihr keine zusätzlichen Kosten. Er würde ein Zimmer mit zwei getrennten Betten bestellen. In einem der gewohnt großen Zimmer, die er in dieser Kategorie erhielt, würden sie gut zurechtkommen können. Eva bat um eine Stunde Bedenkzeit. Ihr war klar, dass sie mit dieser Entscheidung ein gewisses Risiko einging, so gut kannte man einander nicht. Andererseits hatte sie ihn bisher als einen sanftmütigen Menschen erlebt. Adam hätte schon bisher die Gelegenheit gehabt, über sie herzufallen. Warum sollte er auf Wien warten? Sie freute sich, dass er sie als Begleiterin wählte und sagte zu.

Adam bestellte das Zimmer für zwei Nächte und absolvierte seine beruflichen Gespräche während Eva den Botanischen Garten der Wiener Universität besuchte. Im Hotel trafen sie sich wieder. Da es ein schöner, warmer Tag war beschlossen sie eine Heurigenwirtschaft am Nussberg zu besuchen. Mit U-Bahn und Bus fuhren sie nach Grinzing, wanderten durch die Weinberge den Nussberg hinauf. Die einfache und schmackhafte Jause hatten sie sich als Belohnung für den Aufstieg verdient, der Krug mit Gemischtem Satz war eine passende Wein-Begleitung. Auf dem Weg zur Station der Straßenbahn in Nußdorf standen sie dann hoch über der nächtlichen Stadt, die, um den Kitsch völlig zu übertreiben, vom Vollmond hell ausgeleuchtet war. In der Ferne war das Riesenrad zu sehen, was dazu führte, dass Eva den Wunsch äußerte, morgen unbedingt den Prater besuchen zu wollen. Sie waren von ihrem Ausflug müde geworden und wollten in der Stadt keine weiteren Aktivitäten unternehmen.

In ihrem Zimmer angekommen suchte Eva als Erste das Badezimmer zur Abendtoilette auf und Adam wartete auf ihr Erscheinen, um dann selbst das Bad zu benützen. Als sie fertig war und in einem züchtig geschnittenen Pyjama aus der Türe trat, erkannte er an seiner Enttäuschung, dass er gerne mehr von ihrem Körper gesehen hätte. Sie wünschten sich eine Gute Nacht. Während Adam noch in einem Buch las, erkannte er bald am regelmäßigen Atem, dass Eva eingeschlafen war.

Nach einer Rundfahrt auf der Donau und dem versprochenen Besuch im Prater verlief die folgende Nacht ähnlich züchtig, wie die vorherige. Am Sonntagmorgen lud Adam Eva zum Brunch ins 'Café Landtmann' ein. Nach einem Besuch in den Sammlungen des neuen Weltmuseums fuhren sie wieder nach Hause. Vor Evas Haustüre, das Taxi wartete mit laufendem Motor, drückte sich Eva an ihn, küsste ihn auf die Wange und sagte: "Danke für ein schönes Wochenende. Du bist ein ganz Lieber" und verschwand im Hauseingang.

Wiederholt übernachtete Eva bei Adam und regelmäßig bereitete sie das Frühstück, zumal sie früher als Adam in der Arbeit erscheinen musste. Adam konnte sich nicht mehr daran erinnern, ob es ein Feiertag oder ein Sonntag war, als er schon aufgestanden war und das Wohnzimmer in Ordnung brachte. Am Rauschen der Dusche erkannte er, dass Eva aufgewacht war. Er hatte die Gläser vom Vorabend mit der Hand gespült und war damit beschäftigt, den Esstisch für ein gemeinsames Frühstück vorzubereiten. Als sich die Türe zum Badezimmer öffnete stand Adam mit den Tellern mitten im Zimmer und in der geöffneten Türe stand die nackte Eva. Schön geformte Brüste mit dunklen Knospen, ein schlanker, aber nicht dünner Körper und eine haarlose Scham. Gefühlte lange Minuten standen sie sich auf diese Weise gegenüber, ehe sich Eva mit einer gemurmelten Entschuldigung ins Arbeitszimmer abwandte. Adam merkte, dass er seinen Mund schließen musste und mit rotem Kopf den Tisch fertig deckte.

"Milch und Zucker, oder Süßstoff?"

Eva hatte am Frühstückstisch Platz genommen
"Zucker, danke."

Adam reichte ihr das Gefäß mit Zucker und Eva maß sich zwei Löffel in die Tasse. Beim Umrühren blickte sie auf.

"Entschuldige."

"Wofür?"

"Na ja, ich habe Dich vorhin in Verlegenheit gebracht."

"Ich war bloß überrascht. Auf diesen Anblick war ich nicht vorbereitet."

"Du warst ziemlich verlegen. Ganz süß hast Du einen roten Kopf bekommen."

Eva bemühte sich nicht zu grinsen, aber auch ihr Lächeln erweckte Adams Ärger.

"Ich bin nicht süß. Du hast einen schönen Körper und ich habe nicht damit gerechnet. Das ist alles."

"Hast Du gedacht, ich hätte einen hässlichen Körper?"

"Aber nein. Ich war nicht darauf vorbereitet, Dich nackt zu sehen."

Adam war das Ganze sehr unangenehm, aber Eva ritt der Schalk. Sie fühlte sich sicher genug, um dieses Spiel zu spielen.

"Gut. Ich verspreche Dir, dass Du mich nicht mehr nackt sehen wirst."

"Nein, so habe ich das nicht gemeint."

Eva lächelte und trank einen Schluck ihres Kaffees während Adam hastig von seiner Semmel abbiss. Eva beugte ihren Oberköper vor und fragte ihn:

"Hattest Du Angst vor mir?"

"Nein ich habe keine Angst vor Dir und auch vor nackten Frauen habe ich keine Angst. Ganz im Gegenteil, da fühle ich mich dann besonders hingezogen."

Adam gewann allmählich seine Fassung zurück, spürte das Knistern der Situation und setzte fort.

"Wenn wir schon beim Thema sind, an eine Situation in meinem Leben kann ich mich erinnern, in der ich vor einer nackten Frau sehr erschrocken war. Wenn Du Lust hast, sie zu hören, erzähle ich sie."

"Na los, ich bin sehr neugierig, was Dich an einer Frau erschrecken kann."

"Das wird jetzt länger dauern. Ich hole noch einen Orangensaft. Willst Du auch einen?"

Nachdem alles erledigt war, setzte sich Adam wieder.

"An die Vorgeschichte der folgenden Szene kann ich mich nicht mehr erinnern, aber ich hatte an diesem Abend einen Anruf einer Bekannten erhalten. Ob sie damals meine Freundin war, weiß ich nicht mehr. Dies muss nicht unbedingt die Voraussetzung für den folgenden Anruf gewesen sein. In meinen jungen Jahren gingen wir sehr locker mit unseren sexuellen Beziehungen um, obwohl wir durch unser Heranwachsen in prüden Verhältnissen nicht darauf vorbereitet waren, was manches Beziehungsdrama auslöste. Die junge Frau am Telefon hieß Emmi. Sie sagte, dass sie in der Badewanne läge und sie mich dazu einladen möchte, ihr dabei Gesellschaft zu leisten. Sie wohnte mit ihrer kleinen Tochter, die schon schlief, nahe meiner Wohnung und erreichte mich an einem öden Fernsehabend. Ich schwang mich auf mein Fahrrad und stand wenige Minuten später vor ihrer Wohnungstüre. Sie öffnete im Bademantel und hieß, mich schon in die Wanne zu begeben, während sie aus der Küche ein Glas für mich holte. Neben der Badewanne stand, in einem Kühler, eine geöffnete Sektflasche und ein halbleeres Glas. Ich entkleidete mich und setzt mich voller Erwartung in die sehr warme Wanne. Sie hatte soeben heißes Wasser nachlaufen lassen. Emmi kam mit dem neuen Glas, schenkte ein und legte den Bademantel ab. Meine Erregung erlosch augenblicklich, als sie in die Wanne stieg. Sie hatte das Geschlecht eines kleinen Kindes. Kein Haar, alles blank. Ich hatte zwar bis dahin so manche nackte Frau gesehen, aber alle waren behaart gewesen. Damals war es noch nicht üblich gewesen, das Schamhaar zu entfernen und der Anblick auch nur des Ansatzes von weiblichem Schamhaar setzte junge Männer in erhöhte Erregungszustände. Und nun lag ich mit einer unbekleideten Frau in der Badewanne, ganz glatt und unbehaart wie ein kleines Mädchen. In meinen Lenden regte sich nichts mehr und Emmi tat auch nichts, um diesen Zustand zu ändern. Ich weiß es bis heute nicht ob sie verärgert, oder eher überrascht war. In meiner Erinnerung haben wir geplaudert, dabei Sekt getrunken und sonst war nichts. Das FKK-Gelände einer christlichen Kirchengemeinde wäre sexuell stimulierender gewesen. Ich habe die Auflösung dieser mir peinlichen Situation nicht mehr zuverlässig in Erinnerung. Jedenfalls misstraue ich der Geschichte, wie sie mir im Gedächtnis blieb. Möglich ist, dass diese Erinnerung nur vor einer noch peinlicheren schützt. Das Wasser in der Wanne war schon stark abgekühlt, als ihre vierjährige Tochter in ihrem Zimmer aufwachte und zu weinen begann. Emmi bedeutete mir, jetzt auch die Wanne zu verlassen und nach Hause zu gehen, da die Beruhigung ihrer Tochter jetzt längere Zeit in Anspruch nehmen würde. Ich tat wie mir geheißen. Später traf ich Emmi wiederholt in Lokalen und sie begrüßte mich immer mit einem Kuss auf die Wange. Eine zweite, ähnliche Einladung erhielt ich allerdings nicht mehr.

Eva, die während der Erzählung aufmerksam zugehört hatte, sagte, nachdem Adam zum Ende gekommen war:

"Ohje, jetzt habe ich Dir einen weiteren Schock zugefügt."

Adam lachte.

"Nein, Eva. Keinesfalls. Diesen Schreck habe ich inzwischen überwunden. Seither ist viel Zeit vergangen und eine nackte Scham bei erwachsenen Frauen inzwischen ein alltäglicher Anblick geworden. Magst Du noch Kaffee?"

Adam hatte die Kanne mit dem Kaffee in die Hand genommen und schenkte Eva nach ihrer zustimmenden Geste ein, ehe er sich auch selbst nachschenkte. Nach einer Weile fragte sie:

"Warum sagst Du zum weiblichen Geschlechtsorgan Scham? Ich schäme mich nicht dafür, eine Frau zu sein. Meine Möse ist schön. Ich mag sie und auch mein Frausein."

"Sprache und Sexualität, das ist ein schwieriges Thema. Ich weiß nicht, wie Deine Generation mit den Worten für das Geschlechtliche, die beteiligten Körperteile und die einschlägigen Handlungen zurechtkommt. Ich und viele meiner Zeitgenossen haben dafür nur unzureichende und zumeist unpassende Begriffe zur Verfügung. Sollen wir das wirklich beim Frühstück abhandeln?"

Eva jetzt wieder keck: "Wann wäre es Dir lieber? Vor dem Schlafengehen?"

Adam lachte: "Du bist sehr mutig, mein Fräulein. Nein wir können schon jetzt darüber sprechen, aber erst nach dem wir das Frühstücksgeschirr abgeräumt und drüben auf der Couch Platz genommen haben."

Adam hätte auf die Fortsetzung des Gespräches gerne verzichtet. Er meinte, nicht prüde zu sein, jedoch war ihm die Beschäftigung mit sexuellen Themen inzwischen wieder fremd geworden. Evas Interesse am Fortgang der Unterhaltung bereitete ihm Unbehagen. Eva hingegen fand sich inmitten ihrer eigenen Auseinandersetzung mit ihrem Frausein wieder, als sie begann:

"Es gibt keine Bezeichnung für mein Geschlechtsorgan, die ich mag. Da gibt es auf der einen Seite eine Menge an abwertenden Namen, die unter uns jungen Leuten in Gebrauch sind und die mein Geschlecht als dreckig und irgendwie daneben hinstellen. Auf der anderen Seite gibt es die Begriffe aus der Medizin, die ich steril finde und eine Scheide will ich auch nicht haben. Mein Geschlecht bestimmt sich nicht über die Funktion als höchst vorübergehender Aufenthaltsort für das komplementäre Organ eines anderen Menschen."

"Mich überrascht, wie intensiv Du Dich mit diesem Thema befasst. Ich selbst habe mich nie damit beschäftigt, wie diese Frage für Männer aussieht, doch nehme ich an, dass es hier nicht besser ist. Bei allem Geschlechtlichen spielt immer noch Scham und Hemmung eine große Rolle, die durch Jahrhunderte der Dominanz religiöser Wertvorstellungen zu einer Vorherrschaft medizinischer Begriffe in einer weniger verschämten Sprache führte. Die Vorherrschaft des Kapitalismus, auch im

Kulturellen, und die Vermarktung alles Menschlichen als Ware ist auch keine echte Befreiung."

"Es ist nicht leicht in der gegenwärtigen Zeit als Frau heranzuwachsen. Überall springen einem die Vor-Bilder entgegen, die Du selbst niemals werden kannst, oder gar nicht werden willst. Im Kreis meiner Freundinnen war alles Sexuelle früh Thema, nachdem eines der Mädchen durch ihren älteren Bruder sehr jung mit Pornographie in Kontakt kam und uns davon erzählte. Sie machte uns neugierig und zeigte uns wo man diese Sachen im Internet finden kann. In einer Mischung aus Faszination und Abscheu bewegten wir uns eine Zeit lang sehr viel in diesen Bildern und Filmen, und wurden dabei über alle Varianten des Sexuellen aufgeklärt. Viel früher, als es Schule und Eltern für angemessen hielten."

Eva hielt inne. Zum einen hatte sie einen trockenen Mund und wollte etwas trinken. Zum anderen wartete sie auf ein Bemerkung Adams, die jedoch ausblieb.

"Bei uns, fuhr sie fort, bildeten sich zwei Gruppen. Mit der einen diskutierte ich über Frauenbewusstsein und die Kraft des Frauseins, und die anderen nannten wir die Versauten. Meine Freundin Kathi gehört zu denen, die alles nachmachen, was sie in den Filmen gesehen haben und immer noch sehen. Das muss ich aber gestehen, manches Mal zieht es mich dorthin und da will auch ich die Sau rauslassen, aber das gelang bisher nie so gut, wie ich es mir erwartete. Die Vorstellung war bisher immer noch besser, als das, was tatsächlich geschah. Meistens lege ich jedoch Wert darauf, eine starke Identität als bewusste Frau zu entwickeln und zu leben."

Als Eva endete war es lange Zeit still. Adam musste über das Gehörte nachdenken und Eva war sich nicht sicher, ob sie viel Blödsinn geredet hatte. Schließlich unterbrach Adam die Stille.

"Mich beindruckt, wie intensiv Du Dich mit diesen Fragen auseinandersetzt. Wenn ich mich mit Namen für die weibliche 'Scham' beschäftige - bitte beachte, dass ich dieses Wort inzwischen unter Anführungszeichen setze -, dann fallen mir, neben den verniedlichenden Kätzchen und Schächtelchen, so Namen wie Venuslippen und Erdbeermund ein. Besonders letztere Bezeichnung gefällt mir sehr gut. Dieses Wort stammt meines Wissens von Baudelaire, der es in den "Blumen des Bösen" verwendet, aber damit den sprechenden Mund der Frau meint. Eine Wanderung, den Körper hinab erfuhr der Erdbeermund durch den Dichter Paul Zech, der entweder selbst oder in der Nachdichtung von Gedichten des Francois Villon formulierte: "Ich bin so wild auf deinen Erdbeermund, ..., so tief im Haar verwahrt." In einer meiner Studentenwohngemeinschaften war eine Schallplatte mit dem Schauspieler Klaus Kinski vorhanden, der diese anzüglichen Texte vorzüglich deklamierte und bei unseren Partys so manche Besucherin erröten ließ.

"Welchen Namen würdest Du meinem Geschlecht geben?"

Adam hatte das Bild vor sich und bemühte sich, für diese Frage eine Antwort zu finden, was ihm nicht gelang. Sein Unbehagen an diesem Gespräch kehrte zurück und hemmte seine Fantasie. Schließlich meinte er im Scherz doch einen Weg gefunden zu haben.

"Das kann ich nicht, dafür kenne ich die Dame zu wenig."

Eva hatte sich in das Thema verbissen und betrat gefährliches Gelände. Es waren keine Warnschilder erkennbar.

"Wie hast Du diese Teile bei Deiner Frau genannt."

Jetzt war Adam wirklich böse.

"Du gehst zu weit! Es gibt einen persönlichen Bereich, den darfst Du nicht betreten. Deinen Forschergeist in Ehren, aber das geht Dich nichts an."

Eva erschrak. Sie hatte diese Reaktion nicht erwartet. Sie musste in ihrem Überschwang eine unsichtbare Grenze überschritten haben. Adam war in der Folge nur noch muffig und abweisend, obwohl sie um Entschuldigung bat und ihr Bedauern über ihre Neugierde auszudrücken versuchte. Sie hatte ihn ohne Absicht verletzt und wusste nicht was geschehen war. Sie wollte den angerichteten Schaden nicht durch Ungeschicklichkeit noch vergrößern und verabschiedete sich.

Was war geschehen? Eva musste in den folgenden Tagen oft an diese Begegnung denken und darüber rätseln, was vorgefallen war. Sie hatte sich an diesem Tag so wohl gefühlt, endlich einen Menschen, sogar einen Mann gefunden zu haben, mit dem sie vernünftig Themen besprechen konnte, die ihr wichtig und persönlich nahe waren. Sie war traurig. Die Freundschaft mit Adam war ihr wichtig geworden und sie wusste nicht, ob diese jetzt vorbei war. Er kam nicht mehr in den Garten, er rief sie nicht mehr an und sie wusste nicht, ob es klug wäre, ihn selbst anzurufen. Sie weinte manchmal und die Tränen lösten kurzfristig die Spannung, jedoch nicht das Problem. Das kehrte immer wieder und ihre Überlegungen drehten sich zunehmend im Kreis. Sie fand keinen Ausweg. Schließlich setzte sie eine Frist, innerhalb der sich Adam bei ihr melden könne, ehe sie selbst ihn anrufe. Was immer dann ausbrechen würde und vielleicht sogar kaputtgehen, sie musste Klarheit gewinnen. Diese Unsicherheit war nicht auszuhalten.

Was war geschehen? Nachdem Eva die Wohnung verlassen hatte, saß Adam mit sich zu Gericht. War das wirklich nötig gewesen, diese junge Frau, die ihm so sehr ans Herz gewachsen war und die so viel neues Leben in seine Existenz gebracht hatte, auf diese Weise zu verletzen. Ihre Betroffenheit war bei seinem rüden Abschied deutlich zu erkennen gewesen. Was hatte ihn so entscheidend gestört? War es der Verdacht, dass ihre Beziehung ihre Unschuld zu verlieren begann? Keinesfalls war es die Erinnerung an seine Frau, die ihn irritiert hatte. Sie war zwar die letzte Frau gewesen, mit der er derartig vertrauliche Gespräche geführt hatte, aber sie hatten nie den Erdbeermund genannt. Das war bei einer anderen, früheren Geliebten gewesen. Es war wohl diese Nähe, diese Intimität, die im Gespräch entstanden war. Nein, das stimmte nicht. Es hatte schon mit dem Anblick der nackten Eva begonnen, als eine neue Dimension ihrer Beziehung erkennbar war, eine Sehnsucht und wohl auch sein Begehren. Diese drohte ihm, … was?, …, die Kontrolle über die Situation zu entziehen? Das war es wohl. Sein Ärger hatte mit einem von ihm nicht kontrollierten Übergang in ein verbotenes Gelände zu tun. Was aber war daran verboten? Ihm war das nicht klar. Er musste auf der Hut sein. In der Beziehung zu Eva fand eine Veränderung statt, die ihm nicht geheuer war.

Knapp vor Ablauf der Frist, die sich Eva gesetzt hatte, besuchte Adam wieder den Garten und Eva stimmte dem Vorschlag zu, an ihre Arbeit anschließend ein Café zu besuchen. Adam entschuldigte sich für sein unfreundliches Verhalten und gestand ein, nicht genau zu wissen, was ihn dazu veranlasst hatte. Eva wollte erst gar keine Entschuldigung zulassen und Adam beschwichtigend abwimmeln. Doch spürte sie, dass diese Entschuldigung wichtig war, für Adam, aber auch für sie. Sie musste dies jetzt ertragen und dann auch annehmen. Da erniedrigte sich nicht ein Mann vor ihr, das hätte sie nicht gewollt. Adam versuchte ihr etwas zu vermitteln, das er selbst nicht verstand. Es anzunehmen und ernst zu nehmen, sich dem nicht durch Beschwichtigen zu entziehen, war für sie neu. Dieser Mann rückte ihr näher, und sie wollte das.

Sie trafen sich wieder regelmäßig, doch dauerte es, ehe Eva wieder bei ihm übernachtete. Sie hatte sich auf ihre Abschlussprüfung vorzubereiten und lernte gerne bei ihm, während er in seinem Arbeitszimmer seine Artikel exzerpierte und die Datenbank ergänzte. Es schien stimmig, dass sie dann, wenn es an der Zeit war, Schlafen zu gehen, nach Hause fuhr. Während dieser Zeit schloss Eva ihre Ausbildung erfolgreich ab und durfte sich zur Belohnung ein Reiseziel für ein gemeinsames Wochenende aussuchen. Sie wählte München, natürlich den Botanischen Garten, den sie noch nie besucht hatte und den Zoo Hellabrunn. Für den Sonntag reservierte sich Adam die Wahl des Ziels und behielt es als Überraschung für sich.

"Aber dieses Mal bezahle ich die Hälfte. Ich bin jetzt reich."

Adam lachte und schüttelte den Kopf.

"Meine liebe Eva, leider bist Du nicht reich und ich weiß wovon ich spreche. Du kriegst das erste Mal in Deinem Leben für Deine Arbeit relativ ordentlich gezahlt, aber die Reichen kommen zu mir ins Büro, da kommst Du mit Deinem Einkommen nicht Nahe und zu mir kommen keineswegs die ganz Reichen."

"Aber ich fühle mich so. Ich kriege jetzt regelmäßig jeden Monat mehr Geld als bisher, deshalb will ich meinen Beitrag leisten."

"In Hinkunft gerne, aber dieser Ausflug ist meine Einladung. Das ist eine Belohnung dafür, dass Du so fleißig gelernt hast."

In dem Hotel, das sie für ihren Besuch in Wien benützten, waren Eva und Adam nicht nach der Art ihrer Beziehung gefragt worden und auch das eine Mal in München war es eigentlich keine Frage gewesen, als der Portier bei der Registrierung der Daten von Adams Kreditkarte so nebenher bemerkte: "Herr Doktor und seine Tochter."

Adam konnte sich nicht zurückhalten und korrigierte den Concierge: "… und seine jugendliche Geliebte", was Eva zu einem prustenden Lachen und einem für Adam schmerzhaften Stoß mit dem Ellenbogen gegen seine Rippen herausforderte. Der Hotelangestellte wollte daraufhin Evas Ausweis sehen und notierte die Daten. Im Lift des Hotels, auf dem Weg in den dritten Stock, konnten sie dann endlich frei drauflostachen.

Das schöne Frühlingswetter lockte sie schnell wieder aus dem Haus und den Rest des Tages verbrachten sie im weitläufigen Gelände des Tiergartens. Die Tiere boten Anlass zu launigen Kommentaren. Adam bemerkte anlässlich eines besonders kräftigen Aufklatschens eines Eisbären beim Sprung ins Wasser: "Das war aber ein gut gelungener Bauchfleck."

Woraufhin Eva fragte:

"Bitte, was ist ein Bauchfleck?"

"Lernt ihr denn gar nichts mehr fürs Leben? Kennst Du die Versuche von Kindern im Schwimmbad, wenn sie den Kopfsprung lernen. Sie versuchen mit ausgestreckten Armen, mit diesen voran im Wasser zu landen. Wenn sie noch zu ängstlich sind, den Körper weit genug zu beugen, um im geeigneten Winkel im Wasser zu landen, schlagen sie mit dem Bauch auf. Das ist ein

Bauchfleck und der führt oft zu schmerzhaften Rötungen dieses Köperteils. Dieser Eisbär versuchte wahrscheinlich gar keinen Kopfsprung, der springt, mit den Pfoten in entgegengesetzte Richtungen gestreckt, einfach mit dem Bauch geradewegs aufs Wasser."

Eva schmunzelnd: "Bei Dir kann man immer etwas lernen."

Nach dem Besuch anderer Stationen besuchten sie die Paviane.

"Schau, die ficken gerade. Die sind ja noch schneller fertig, wie meine Partner."

"Eva, achte auf Deine Sprache. Wenn Du schon ein F-Wort brauchst, dann nenn es wenigstens vögeln."

"Das schreibt man aber mit einem V."

Hier war gerade Fütterungszeit. Ein Mitarbeiter des Tiergartens hatte auf die verschiedenen überdachten Plattformen Tierhälften ausgelegt und die Löwen, die während der Arbeit des Tierpflegers weggesperrt waren, durften, nach dessen Abgang ihr Gehege wieder betreten.

"Hier herrscht wenigstens noch Ordnung, so wie es sich gehört", war mit breitem Lächeln Adams Kommentar, als er sah, dass seine Erwartung erfüllt wurde und das Folgende geschah. Der Löwe betrat das Gelände und während, die Löwinnen unmittelbar nach dem Verlassen ihres Käfigs in einer Ecke warteten, sammelte der Mann die Fleischteile gemächlich ein und brachte sie zu dem Platz, der später als der seine zu erkennen war. Er begann eine der Tierhälften zu verspeisen und verteidigte lange Zeit die anderen mit wütendem Knurren gegen sich mit begehrlichem Blick annähernde Löwinnen. Erst nachdem er seinen Appetit gestillt hatte, durften die

Löwinnen ihren Anteil wieder an ihren eigenen Platz bringen. Der Löwe hatte nur den ohnehin für ihn vorgesehenen Anteil verzehrt, doch hatte er mit dieser Vorgangsweise dafür gesorgt, dass alle warten mussten, bis er gesättigt war.

Im Aquarium schnappte sich Eva seinen Arm, hackte sich unter und ließ ihn lange nicht mehr los. Adam war dies ganz recht so.

Am nächsten Morgen erwachte Adam aufgrund eines tauben Armes. Eva hatte einen Teil der Nacht auf ihm liegend verbracht. Vorsichtig löste er sich aus der Umarmung. Nach dem Duschen war auch Eva aufgewacht und sie begannen nach dem Frühstück ihren Tag im Botanischen Garten. Eva war glücklich und strahlte. "Da schau …", und "Hier, hast Du gesehen …" wiederholten sich. Auch Adam war beeindruckt, einmal von der Größe der Anlage, die ein Mehrfaches der heimischen umfasste und auch von der Vielfalt des Gezeigten. Leider war es noch früh im Jahr, so waren im Außengelände nur wenige Pflanzen am Blühen. Dafür waren sie durch Zufall noch in der Öffnungszeit der Schmetterlingsausstellung gekommen, was eine ebenso farbige Pracht bot. Diese Insekten flogen in Scharen und bunter Vielfalt völlig frei durch ein Tropenhaus, in dem kleine Plateaus mit Wasser und Schalen mit geschnittenen Früchten für sie Anziehungspunkte bildeten, an denen sie sich versammelten. An den Wegen waren Teiche angelegt, in denen sich Schildkröten tummelten und Wasserpflanzen blühten. Eva suchte den Kontakt und ließ seinen Arm nur noch aus, um ihn um die Hüfte zu fassen. Kurz dachte er an das Bild von Großvater und

Enkelin, das sie abgeben würden, entschied aber, dass ihm das egal war, und umfasste Evas Mitte ebenso. Nach einem langen Aufenthalt wurden sie, durch den zunehmenden Besucherandrang am Nachmittag, aus dem Gebäude getrieben. Wieder in der Frische des Frühlings wanderten sie noch über den Planetenweg, der die Distanzen des Universums im Verhältnis von 1 : 8.000.000.000 darstellte, ein Zentimeter repräsentierte die Entfernung von 80.000 Kilometern, wodurch sie in knapp 600 Metern 4,5 Milliarden Kilometer zurücklegten. Das war jedoch nur eine Reise durch einen Teil des Universums, das sich allein während der Dauer ihres Durchquerens dieser Strecke schon wieder schier unermesslich erweitert hatte. Weniger aufgrund dieser Reise, als der ermüdenden Stop-and-Go-Bewegungen der vergangenen Stunden waren sie müde und hungrig geworden. Das rettende Café war nahe und sie fanden glücklich einen freien Tisch. Eva ruhte nur körperlich. Sie plapperte und erzählte, beschrieb und verglich. Sie war begeistert in ihrem Element und Adam, der nie einen Grund hatte an der Richtigkeit ihrer Berufswahl zu zweifeln, fand sie hier in einem Ausmaß bestätigt, dass er froh war, dass sie eine derart gute Wahl für das Prüfungsgeschenk gewählt hatten. Adam brachte die Idee einer Besichtigung des nahe gelegenen Schlosses Nymphenburg ins Gespräch ein, doch war das unmöglich auch noch unterzubringen. Unbedingt musste noch das 'Alpinum' besichtigt werden, das Alpenpflanzen aus der ganzen Welt nach geographischen Gesichtspunkten angeordnet, präsentierte.

Steil stiegen sie den Berg hinauf, der hier das 'Alpinum' bildete. Das sei etwas anderes, wie der kleine

Felsen, den sie im heimischen Botanischen Garten hätten, bemerkte Adam und erhielt die schnippische Bemerkung zurück, dass die hier mehr Platz hätten und älter wären. Sie war stolz auf "ihren" Garten.

Eva kam mit einem älteren Mitarbeiter der Anlage ins Gespräch, der an der Bewässerung hantierte. Eine Weile wurde fachgesimpelt, über die Erforschung der Auswirkungen des Klimawandels auf die alpinen Pflanzen und in der Folge über die Verschiebung der pflanzlichen Lebensrhythmen wie Blühbeginn, Fruchtreife und Laubfall. Wieder freute sich Adam über die Kompetenz und das Interesse, mit dem sie das Thema verfolgte und er meinte auch so etwas wie Achtung des Älteren vor dem Wissen der jungen Kollegin zu erkennen. Schließlich musste dieser wieder weiter, nicht ohne Eva auf ihre hochalpine Forschungsstelle auf dem Schachen aufmerksam zu machen, die man auch besuchen könne. Eva blickte auffordernd zu Adam, doch dieser meinte nur, dass ihn als Schreibtischmenschen schon dieser Berg hier an seine körperliche Belastungsgrenze gebracht hätte. Mit Evas Hinweis, den Besuch des Schachen für einen der kommenden Betriebsausflüge vorzuschlagen verabschiedete man sich. Mit einem Blick auf ihre Armbanduhr trieb Eva zur Eile, denn sie wollte vor dem sich nähernden Betriebsschluss noch das Orchideenhaus besuchen.

Abends lagen sie nach all der Abendhygiene endlich im Bett. Eva kuschelte sich an Adam und fragte mit verstellter, kindlicher Stimme: "Welche Überraschung gibt es morgen? Ich bin schon ganz neugierig."

Adam stellte sich auf das Spiel ein und antwortete mit tiefer Stimme:

"Wenn Du brav schläfst, dann haben wir morgen ab zehn-null-eins einen Termin."

"Das ist aber eine komische Zeit. Was machen wir da?"

"Das ist eine Überraschung, aber nur dann, wenn Du jetzt bald schläfst."

Als Eva ihm einen Arm um den Oberkörper legte, drehte er sich zur Seite und Eva rückte an seinen Rücken. Adam spürte die Hitze ihres Körpers. Sie wünschte ihm eine Gute Nacht und richtete sich auf, um ihm einen Kuss auf die Wange zu geben. Anschließend legte sich wieder zurück und legte wieder ihren Arm um ihn. Allmählich begann sie, regelmäßig zu atmen und Adam fragte sich, ob er in dieser Haltung diese Nacht auch nur eine Minute Schlaf bekommen könne, als Eva nochmals sprach.

Nahe an seinem Ohr sagte sie beinahe flüsternd: "Heute war für mich ein sehr schöner Tag, Danke dafür. Im Tropengarten erinnerte ich mich an unser Gespräch über die Namen für das weibliche Geschlecht. Du sagtest damals, dass auch der Name Lotusblüte für dieses Organ Verwendung findet. Daraufhin habe ich mir diese Pflanze näher angesehen, aber die erscheint mir doch etwas sehr ausgefranst, wenn sie blüht. Doch die Knospe, als ich die sah, so knapp vor dem Erblühen, ähnelt sie der Form einer Vagina, ist jedoch erst ein Versprechen und keine Form an sich. Sie ist nur ein Übergangsstadium. Am Schluss die Orchideenblühten näherten sich schon mehr dem Bild, eine hatte sogar meine

Farbe. Sie haben jedoch zu viele Lippen. Wir sollten Pflanzennamen wohl ausschließen."

Adam schwieg und rätselte. War das jetzt ein Verführungsversuch, eine Einladung sich zu nähern? Es war wohl besser sich ganz ruhig zu verhalten und einmal abzuwarten, aber was sollte er tun, wenn sie deutlicher würde, wenn eine eindeutigere Einladung folgte? Könnte er einem Verführungsversuch Evas widerstehen? Wollte er das? Adam dachte noch darüber nach, als Eva schon längst tief zu atmen begonnen hatte und erst ein gelegentlicher leichter Schnarchlaut ließ ihn lächeln und zur Ruhe finden.

Etwas verspätet, um Zehn Uhr Siebzehn standen sie vor dem Isartor, passierten eine schwere Türe mit der Aufschrift 'VALENTIN-KARLSTADT-MUSÄUM' und Adam kaufte an der Kassa die Eintrittskarten, während Eva las:

Öffnungszeiten
Montag, Dienstag und Donnerstag: 11:01 – 17:29
Freitag und Samstag: 11:01 – 17:59
am So: 10:01 – 17:59
Mittwoch geschlossen
Besichtigung, auch bei Regenschein, Tag und Nacht, nur von außen und zwar kostenlos

Eintritt: 2,99 Euro
Kinder, Schüler und Studenten: 1,99 Euro

Familienkarte: 6:99
Diese Karte erlaubt Eltern mit ihren Kindern bis 16 Jahren (verheiratet, unverheiratet, mit oder ohne Vater, auch mit oder ohne Mutter,

aber ohne Kaugummi und Limo) den Eintritt ins Valentin-Karlstadt-Musäum

Kinder unter 6 Jahren und 99jährige in Begleitung ihrer Eltern haben freien Eintritt

Auf Evas Gesicht schlich sich ein breites Grinsen, das lange Anhielt: beim Nagel, an den sich dieser Kauz seinen Schreinerberuf aufgehängt hatte; beim "Winterzahnstocher, pelzverbrämt"; beim seltenen "Tropfen Beamtenschweiß" und dem Wasserreindl, in dem eine einst stolze Schneeplastik ihren ewigen Aufenthaltsort gefunden hatte, zumindest solange sie nicht verdunstete. Eva grinste, lachte auf und konnte sich vor Vergnügen kaum einkriegen. Schließlich entdeckte sie, dass dieses Museum nicht einem Herrn 'Valentin Karlstadt' gewidmet war, sondern dem Herrn Karl Valentin und der Frau Lisl Karlstadt. Ab da war der Besuch auch gendermäßig in Ordnung. Zum Abschluss musste selbstverständlich im heillos überfüllten Turmstüberl auf frische Weißwürscht und Weißbier gewartet werden.

Adam war überrascht, dass Eva noch nie etwas von Karl Valentin gehört hatte. Jedenfalls südlich des Weißwurstäquators war das unüblich. Wie konnte man hier aufwachsen, ohne das Duo Karlstadt-Valentin kennengelernt zu haben. Als Folge des Bierkonsums drängte Eva auf das WC. So konnte Adam ihre Abwesenheit dazu nützen, eine Aufnahme der Beiden auf einer CD zu kaufen, die er ihr als Andenken an diese Reise beim Abschied überreichen wollte.

Das Taxi wartete mit laufendem Motor, als sich Eva und Adam vor ihrer Haustüre verabschiedeten und er ihr die CD in die Hand drückte. "Nur so zur Erinne-rung", wie er sagte. Sie drückte sich fest an ihn, als sie ihn umarmte. Als er ihrem Kuss auswich und dieser nur auf die Wange traf, nahm sie seinen Kopf in beide Hände, hielt ihn fest und küsste ihn auf den Mund.

"Das musste jetzt sein. Danke für das schöne Wochen-ende, Du bist ganz ein lieber Mann."

"Ist es ein schlechtes Zeichen, dass ich schon so lange nichts mehr von Dir gehört habe, oder passt bei Dir alles?"

Anna rief an. Adam dachte nach und bekam ein schlechtes Gewissen. Er hatte sich tatsächlich schon ungewöhnlich lange Zeit nicht mehr bei seiner Schwester gemeldet. Die letzten Monate waren unglaublich schnell und außergewöhnlich erfüllt vergangen.

"Es tut mir leid, dass ich mich nicht gemeldet habe. Auch auf Deinen vor Kurzem erfolgten Anruf hin habe ich nicht zurückgerufen. Den habe ich schlicht und einfach vergessen. Bitte entschuldige meine Nachlässigkeit. Danke, dass Du nachfragst, aber es geht mir sehr gut. Ich hatte einfach viel um die Ohren."

"Ich bin froh, wenn das kein Zeichen dafür ist, dass es Dir schlecht geht und Du Dich zurückgezogen hast."

"Nein Anna, es geht mir ausgezeichnet. Ich war manchmal verreist. In der Arbeit und auch persönlich geht alles bestens."

"Ist mein kleiner Bruder womöglich verliebt? Du klingst so locker und entspannt, wie schon lange nicht."

"Nein, ich bin auch so zufrieden."

"Das glaube ich erst, wenn ich Dich gesehen habe. Was machst Du am kommenden Wochenende? David kommt zum Essen. Kommst Du auch? Du bist eingeladen. Ich koche am Sonntag, damit David wenigstens manchmal etwas Anständiges zu essen bekommt. Hast Du davon gehört? Er hat sich wieder von Claudia getrennt, oder sie von ihm, das weiß ich nicht so genau. Er ist bei diesem Thema nicht gesprächig."

"Das ist schade. Die beiden waren ein nettes Paar."

"Ja, das finde ich auch, aber man erfährt ja von ihm nicht mehr, was so läuft. Von Dir übrigens auch nicht. Kommst Du am Sonntag?"

"Ja, gerne. Wann?"

"So um Zwei wäre mir recht."

Nach dem Essen waren David und sein Vater mit ihren Gläsern auf die Terrasse gegangen, um eine Zigarette zu rauchen, während Anna und Adam zurückblieben. Anna hatte sich noch ein Glas Wein eingeschenkt und Adam ohnehin noch seine Portion Cognac, von der er erst einmal genippt hatte. Anna war Adams große, um sechs Jahre ältere Schwester. Er war damals sechzehn Jahre alt gewesen, als ihrer beider Eltern kurz hintereinander gestorben waren. Die Mutter an einem Lungeninfarkt und der Vater wenige Wochen danach an gebrochenem Herzen, wie es immer hieß. Die Schwester war sein einziges Geschwister und erst kurz vor den dramatischen Ereignissen, als sie ihre erste Anstellung als Lehrerin antrat, in ihre eigene Wohnung übersiedelt. Sie zog damals wieder in das Elternhaus zurück. Später, als Adam in der Bank ausreichend Geld verdiente, bezog er eine eigene Wohnung, sie blieb in der alten. Später lernte sie ihren Mann kennen, der eine Drogerie betrieb und dann wurde David geboren. Die beiden Geschwister hatten nie den Kontakt zueinander verloren, waren aber doch stark mit ihrem eigenen Leben beschäftigt. Nach dem Tod von Adams Frau drängte sie ihn, so lange bei ihnen zu wohnen, bis er sich vom schlimmsten

Schrecken erholt hatte. Adam hat nie versucht die näheren Beweggründe für ihr Drängen zu erfahren, aber er hatte sich zusammengereimt, dass das gebrochene Herz des Vaters ein Selbstmord gewesen sein könnte und sich seine Schwester sorgte, dass er auch in eine derartige Versuchung kommen könnte. Als Anna dann weniger Sorge um ihn hatte, war er wieder in seine eigene Wohnung zurück gezogen. Sie behielt jedoch über die Jahre hinweg eine wachsame, aber nicht überfürsorgliche Aufmerksamkeit. Inzwischen war sie in der Pension und arbeitete im Geschäft ihres Mannes, dem zwar die Konkurrenz der Drogeriemärkte sein ursprüngliches Betätigungsfeld gekostet hatte, der sich aber inzwischen ganz gut mit dem Verkauf von Naturprodukten zurechtfand. David hatte Betriebswirtschaftslehre studiert und arbeitete aktuell für ein Hoteleriekonsortium.

"Du wirkst auf mich verändert, was ist mir Dir geschehen. Wie soll ich das sagen? Du bist heller, offener, irgendwie glücklich, aber frage mich jetzt nicht genau danach, was das sein soll."

"Vielleicht weil Dein Essen so gut war?"

"Lass' bitte Deine Scherze. Wahrscheinlich ist da eine Frau im Spiel, da bin ich mir beinahe sicher. Kenne ich sie?"

"Nein, Anna. Du siehst Gespenster."

"Adam, ich kenne Dich gut genug. Irgendetwas hat sich in Deinem Leben verändert, das spüre ich."

Anna war schon auf der richtigen Spur, doch konnte er ihr nicht sagen, was sich in den vergangenen Monaten verändert hatte. Ja, er hatte eine Beziehung, eher eine

Freundschaft. Aber was ist das für eine Freundschaft, zwischen einem alten Mann und einer jungen Frau? Es war eine enge Freundschaft. Er meinte keine pädagogischen Absichten, keine Ungleichheit zu bemerken. Doch, ändern wollte er schon etwas, ihre grobe Sprache über sexuelle Angelegenheiten. Das wäre schön, wenn sie dies lernen würde, doch war das wohl nicht dem Verhältnis Jung und Alt geschuldet. Er freute sich am Zusammensein mit Eva. Sobald er sie erblickte hellten sich seine Gesichtszüge auf, war die Anspannung der Arbeit verflogen. Als sie ihn das erste Mal auf der Wange küsste, damals nach dem Wienausflug, da hat sich sein Herzschlag spürbar beschleunigt und er genoss die weitergehenden, körperlichen Kontakte, die sich seither zwischen ihnen ereignet hatten. Das zu erleben hat sein Leben um vieles verbessert, obwohl es auch vorher nicht schlecht gewesen war. Er hatte nicht gewusst, dass er dieses Gefühl vermisste. Als hätte ein kräftiger Fluss seinen Lauf durch sein Leben genommen. Plötzlich duftete alles frisch nach Blüte und Sauerstoff. Eine zuvor unvorstellbare Fülle war zu spüren, die den Atem flutete und manches Mal nahm. Sein Leben war in Bewegung geraten und so ungewohnt gegenwärtig. War das ein Anzeichen, dass er in Eva verliebt war? Konnte das sein? Durfte das sein?

Eva war mit Kathis Clique, auf mehrere Fahrzeuge verteilt, zu einem Freiluftmusikfestival gefahren und hatte sich mit ihnen eine kleine Zeltstadt aufgebaut. Nachdem sie in den Autos mehr Platz hatten als üblich, hatte Eva ihr eigenes, kleines Zweimannzelt mitgenommen und ersparte sich die Übernachtungen in einem der Großzelte. Sie schuf sich dadurch eine kleine Rückzugsmöglichkeit, um gelegentlich dem auf diesen Veranstaltungen vorherrschenden Trubel entkommen zu können. Seit sie die kleinen Wachskugeln entdeckt hatte, die man sich in die Ohren stecken konnte, war auch der mangelnde Lärmschutz einer Zeltwand kein Problem mehr, ausreichend Schlaf zu bekommen. Als sich Kathi in der ersten Nacht unangemeldet zu ihr quetschen wollte, war sie unfreundlich genug gewesen und hatte sie hinausgewiesen. Sie hielt in der Folge Abstand.

Die auf dem Festival dargebotene Musik gefiel ihr sehr gut und sie fand auf den drei Bühnen immer ein Angebot, das ihr gefiel. Trettmann, Raf Camorra, Vini Vici und Bastille waren die fantasievollen Namen der Gruppen, deren Songs ihr besonders gut gefielen. Zwischen dem Gehopse, Gewusel und auch der Lautstärke der Darbietungen begab sich Eva auf Wanderschaft über das weitläufige Festivalgelände. Während eines Konzertes hatte sich ein junger Mann angenähert und mittel Gesten mit ihr zu kommunizieren begonnen. An ein Gespräch war bei der vorhandenen Lautstärke nicht zu denken und die kurzen Pausen während der Songs ließen dem Gehör nicht die notwendige Zeit, sich an die neue Situation anzupassen. So tanzten sie, doch war es meist eher ein Springen, denn eine Bewegung die man gewöhnlich als Tanz bezeichnen würde. Als ein Wechsel der Bands anstand, bedeutete Eva dem jungen Mann, dass sie gehen und sich etwas zu trinken besorgen wollte, worauf er fragte, ob er sie begleiten dürfe. Es dauerte eine gewisse Zeit, ehe sie sich in einem normalen Tonfall unterhalten konnten. Sie waren mit ihren Trinkbechern schon eine Weile einen, das Festivalgelände begrenzenden Fluss entlang gegangen, ehe sie einen umgestürzten Baum fanden, auf dem sie Platz nehmen und sich unterhalten konnten.

Jan kam aus einer kleinen Stadt in den Niederlanden und studierte etwas mit Technik, und war zum Anbeißen süß. So wie er den Mund bewegte, manchmal seine Augen niederschlug und sie dann wieder ansah, ließ Evas Herz kräftiger schlagen. Als er sie dann auch noch an den Händen zu streicheln begann, antwortete sie ebenso. Eva vergaß das Festival und küsste Jan, und streichelte Jan, und hielt Jan in ihren Armen. Gelegentlich mussten sie auch Luft holen. Jan blickte über den Fluss und sagte, dass er sie gerne fragen würde, ob sie mit zu ihm kommen und mit ihm "das Tier mit den zwei Köpfen machen" würde, aber hier habe er nur einen Schlafplatz in einem Zelt mit vier Freunden. Nachdem er ihr erklärt hatte, was er mit diesem Wunsch meinte, lud ihn Eva in ihr Zelt ein, da könnten sie allein sein.

In diesem Zelt war keiner von ihnen allein. Es war ein sehr schönes Miteinander. Eva war sich sicher, dass sie noch nie mit jemandem beim Sex so schön zusammen war. Jan war zärtlich, er konnte sie lesen, sie konnte ihn spüren und sie fanden kein Ende. Das Festival war weit weg und der Schlaf kurz.

Am Morgen besuchten sie gemeinsam die Waschanlagen und trafen sich nach der Morgentoilette zum Frühstück im Versorgungsbereich. Jan wollte anschließend seine Freunde aufsuchen, "um sie von einer Vermisstenanzeige abzuhalten", wie er im Spaß bemerkte. Eva wollte nicht mit. Sie verabredeten, sich beim Konzert der Macklemore wieder zu treffen. Eva fand beim Konzert keinen Jan und sie fand ihn beim Streunen durch die Zeltlager nicht. Sie fand ihn auch nicht am nächsten Morgen beim Platz, an dem sie gefrühstückt hatten. Niedergeschlagen fuhr sie nach Hause. Ihre Mitreisenden versuchten sie vergeblich aufzuheitern. Sie hatten von ihrem Erlebnis keine Ahnung und Eva auch keine, wie sie vom Erlebten sprechen konnte. Sie dachte an Jan, die schöne, kurze Zeit und die Aussichtslosigkeit einen Jan aus Mechelen im Netz zu finden.

Zu Hause benötigte Eva ein paar Tage, um mit dem Erlebnis klar zu kommen. Der Sex mit Jan war wunderbar gewesen, doch kann es seine Absicht gewesen sein, sie nicht mehr zu treffen? Es wäre auch in Ordnung gewesen, mit ihr zu schlafen und sich dann zu verabschieden. Es wäre trotzdem ein schönes Erlebnis gewesen. So jedoch blieb ein schlechter Geschmack zurück.

Wollte sie mit Adam darüber reden? Nein. Was immer das war, was sie verband, eine Treueverpflichtung spürte sie keine. Sie hatte nichts zu gestehen und nach wenigen Tagen war auch sie wieder die Alte. Nicht ganz. Sie war um eine schöne und eine weniger schöne Erfahrung reicher geworden. Viele Wochen später erzählte sie Adam davon und fragte ihn direkt, ob er

verärgert oder verletzt gewesen wäre, wenn er dies gewusst hätte. Nach kurzem Nachdenken verneinte er
diese Frage. Er habe bisher ihr gegenüber nie ein Gefühl
der Eifersucht empfunden und habe sich auch bisher
manches Mal gedacht, dass sie wohl derartige Kontakte
haben würde. Einen Besitzanspruch auf sie habe er nie
verspürt.

Adam Klein war im Lauf der Jahre mehrmals von verschiedenen Vereinen und Initiativen gebeten worden eine ehrenamtliche Tätigkeit anzunehmen. Nur einmal konnte er diese nicht ablehnen. Vor vielen Jahren wurde er von einem seiner Kunden angefragt, ob er die Funktion eines Kassiers in einem Verein übernehmen wolle, dem dieser im Vorstand angehörte. Dieser Verein fungierte als Veranstalter und Rechtsträger für Veranstaltungen, die von Studierenden und Lehrern der Kunsthochschule gegen Eintritt durchgeführt wurden. Deshalb waren Steuern, Saalmieten und andere finanzielle Transaktionen zu gestalten. So diese Konzerte unentgeltlich stattfanden, diente die Hochschule als Träger. Im Falle aber, dass dabei Geld umgesetzt wurde, war die rechtliche Lage kompliziert und konnte nur mit Hilfe einer Vereinskonstruktion ausreichend geregelt werden.

Der Vorstand des Vereins bestand bis dahin ausschließlich aus Lehrenden der Hochschule. Nach der Emeritierung des langjährigen Kassiers fand sich niemand aus dem Kollegium dazu bereit, diese anspruchsvolle Funktion zu übernehmen. Sein Kunde war zwar nicht als Professor für Kompositionstechnik vermögend geworden, hatte Adam jedoch als Erbe eines beträchtlichen Familienvermögens mit der Vermehrung eines Teiles seines Besitzes betraut und dadurch Vertrauen in dessen Fähigkeiten gewonnen, fremde Gelder zu verwalten.

Anlässlich eines der regelmäßig stattfindenden Gespräche über die Verwaltung des eigenen Vermögens, fragte der Professor, der Mitglied des Vorstandes des Vereins 'Kunst-Tun' war, ob Adam sich vorstellen könnte, in diesem Verein die Funktion des Kassiers auszuüben. Nach Adams Bedenkzeit und der Rücksprache des Professors mit dem Vorstandskollegen, wurde Adam vom Verein gebeten, diese Funktion zu übernehmen.

Anfangs hatte Adam den Eindruck, dass er nicht allen Mitgliedern willkommen war und führte diese Skepsis auf den Umstand zurück, dass er der einzige Funktionär "von außen" war und das auf einer vereinspolitisch sehr wichtigen Position. Als er jedoch auf Probleme der persönlichen Haftung der Vorstände bei Veranstaltungen und den unklaren Versicherungsschutz bei Unfällen aufmerksam machte, zusätzlich noch eine preisgünstige Vereinbarung mit einer großen Versicherungsgesellschaft erzielte, war es mit der Reserviertheit vorbei. Er wurde zu diversen privaten und öffentlichen Veranstaltungen eingeladen, denen er jedoch meist mit einer Entschuldigung fernblieb. Die Teilnahme an den Konzerten und besonders der Operninszenierung zum Abschluss eines jeden Studienjahres war ihm jedoch wichtig geworden und er bekam jeweils zwei kostenlose Karten zugeschickt, von denen er bisher immer nur eine genützt hatte.

Die Abschlussarbeit der Klassen für Regie, Bühnenbild, Kostüm und Maske, Orchester, Chor und einzelne Sängerinnen und Sänger, bestand in diesem Jahr in einer Aufführung der Oper "Cosi van Tutte" von W. A. Mozart. Das war sicherlich für alle Beteiligten eine Herausforderung und Adam war schon sehr neugierig darauf, wie sie diese bewältigen würden.

Als er in diesem Jahr die Karten erhielt, überlegte er Eva einzuladen. Gleichzeitig jedoch wurde ihm bewusst, dass sie noch nie gemeinsam in ihrer Heimatstadt eine öffentlich, Veranstaltung besucht hatten. Sie würden einige seiner Bekannten treffen und er würde Eva vorstellen müssen. Es wäre für ihn wohl peinlich, was diese sich dabei denken würden, wenn er mit einer jungen Frau erschiene. Andererseits konnte ihm herzlich egal sein, was sich die Leute dachten. Auf dieser Veranstaltung würde so viel junges Volk um die Wege sein, dass keinem Menschen auffallen würde, in welcher Begleitung er gekommen war. Außerdem, so überlegte er weiter, was war Eva für ihn? Eine Freundin war sie, keine Affäre, keine Geliebte und selbst dies wäre seine persönliche Angelegenheit gewesen. So es zu einer Situation käme, in der es nötig wäre, sie vorzustellen, würde er ihren Familiennamen nennen und fertig. Er müsste dabei keineswegs mehr erklären.

Sobald dies für ihn geklärt war, fragte er Eva, ob sie ihn begleiten wolle. Nach kurzer Überlegung sagte sie zu. Der Termin der Premiere lag sehr günstig, beide mussten am nächsten Tag nicht zur Arbeit.

"Nicht alltäglich, aber auch nicht feierlich", hatte Adam gesagt, als Eva ihn danach fragte, wie sie sich für die Oper kleiden sollte. Sie verabredeten, sich am Abend der Aufführung kurz vor dem Beginn im Foyer des Stadttheaters zu treffen. Als er Eva in der wartenden Menge entdeckte, staunte er wieder einmal, welch eine Vielfalt an Erscheinungsweisen sie zur Verfügung hatte. Sie war in einer weit ausgestellten, dunkelblauen Hose gekleidet, die sich an den Oberschenkeln eng an den Körper anlegte, eine cremefarbene Bluse, die sie außerhalb der Hose trug und am Hals ein Tuch in roten und gelben Farben, das einen kräftigen Akzent in ihre Erscheinung einbrachte. Sie kam offensichtlich frisch vom Friseur und war zurückhaltend geschminkt. Adam entschuldigte sich bei seinen Gesprächspartnern und drängte sich zu ihr durch.

"Ich getraue mich gar nicht, Dich zu umarmen, um Deine Erscheinung nicht zu zerstören. Du verschwindest hoffentlich nicht wie ein Trugbild, wenn ich Dich küsse," sagte er, um sie dann doch, ohne ihre Antwort abzuwarten, mitten auf den Mund zu küssen. "Du bist sicherlich die schönste Frau im Saal. Du siehst atemberaubend aus. Hoffentlich verwandelst Du Dich nach dem Kuss nicht in einen Frosch."

Sie lachte.

"Soviel ich weiß geschieht dies nur umgekehrt und das auch nur bei Männern. Danke für das Kompliment, aber wenn ich mich hier umsehe, bin ich nicht allein. Ich mache diese Verkleidungen so selten mit, dass ich anfangs unsicher war, welchen Dress-Code man hier trägt, aber ich passe offensichtlich gut herein."

Sie machten eine Begrüßungsrunde, ehe schon die Glocke zum Betreten des Saales aufrief. Schnell wurde es dunkel und mit den ersten Akkorden der Ouvertüre leuchtete rechts, oberhalb der Bühne, ein großer Bildschirm auf. Durch einen Nebel von Wasserdampf blickte man, wie durch eine große Linse, in ein Badezimmer, in dem sich zwei schlanke, wohlgeformte Frauen gegenseitig reinigten, abseiften, berührten. Das alles war kaum zu erkennen, nur angedeutet. Selbst die Frage, ob sie nun nackt waren oder nicht, war nicht eindeutig zu beantworten. Es war möglich, dass sie fleischfarbene

Trikots trugen. Zudem wurde es nicht klar, ob ihre Handlungen der Hygiene, oder der Lust dienten.

Über diesen Fragestellungen vergaß Adam beinahe die Musik, die in flottem Tempo die Oper einleitete und in den Streit zwischen den männlichen Protagonisten in der ersten Szene überging. Während sich die Frauen am Bildschirm gegenseitig abtrockneten, besprachen die Männer auf der Bühne die Frage, ob ihre Bräute ihnen treu sein könnten, oder dem Werben fremder Männer zugänglich waren, so wie alle Frauen. Ihr zynischer Freund Don Alfonso, der behauptete im Leben erfahrener zu sein, als sie es waren, verleitete sie zu einer Wette. Er zweifelte grundsätzlich an der Treue der Frauen und deshalb auch an der, ihrer Geliebten. Er schlug vor, eine Versuchungssituation zu inszenieren, in der die Treue der Freundinnen geprüft werden könne. Die beiden Männer sollten vortäuschen, in die Armee eingezogen worden zu sein und in einem entfernten Land ihren Dienst versehen zu müssen. Als "Albaner" verkleidet, sollten sie zurückkehren und bis zum nächsten Morgen versuchen, die Braut des jeweils anderen zu verführen.

Im nächsten Bild schwärmten die beiden Schwestern Fiordiligi und Dorabella von ihrer Liebe zu Ferrando und Guglielmo, die zuvor die Wette auf ihre Treue abgeschlossen hatten. Adam benötigte eine Weile, ehe er sich vom Versuch verabschieden konnte, zu klären, ob diese beiden in freizügigen Dessous mit der Kleidung hantierenden Frauen diejenigen waren, die zuvor vermeintlich nackt auf dem Bildschirm zu sehen waren. In diese seine Überlegungen brachte Don Alfonso die Nachricht, dass ihre Verlobten in den Krieg ziehen müssten, was zu Tränen und Trauer bei den beiden

Frauen führte. Herzzerreißend gelang den Interpreten, Sängern und Musikern, die Gestaltung der Abschiedsszene. Intensität und Tempo passten genau. Beim "Addio" seufzte Adam kurz auf, und Eva legte ihre Hand auf seine. Wiederholt geschah es Adam, dass er von Mozarts Können ergriffen wurde. Wie er dieser Szene, dem seelischen Schmerz der Frauen, der so mutwillig herbeigeführt wurde, kompositorisch eine hohe Intensität und große Wahrhaftigkeit verlieh, war einfach genial. Dieses Quintett mit den breiten, getragenen Streichern und den beständig schreitenden Bässen drückte das Gleichzeitige von Gehen und Bleiben eindrucksvoll aus.

Schließlich, beim die Szene beschließenden Terzett "Soave sia il vento", war es dann geschehen. Dieser sanfte Wind, der hier besungen wurde, wehte ihm Tränen auf die Wangen. Derart innig und zart hatte Adam diese Musik noch nie empfunden. Die Stimmen wurden beinahe gehaucht, der Wind sowohl als Welle, als auch als Tupfen interpretiert. Eva rückte eng an ihn, küsste ihn auf die Wange und flüsterte. "Ich habe Dich ganz lieb."

Die zynischen Bemerkungen Don Alfonsos, der während dieser Szene anfangs selbst von den starken Emotionen ergriffen schien, vertrieben schnell wieder sein Mitgefühl.

Despina, die Dienerin der beiden Schwestern, zog sich zurück, um sich selbst für den Tag anzukleiden. Das Licht war stark gedimmt, so konnte man kaum erkennen, ob sie mit nacktem Busen dastand, als sich Don Alfonso an sie heranschlich, um nach einer ihrer Brüste zu grapschen. Bevor er jedoch diese ergreifen konnte, versetzte ihm Despina einen Stoß mit ihrem Knie in seine

Leibesmitte, woraufhin er sie, stark gekrümmt, in den Plan seiner Wette einweihte. Gegen einen Beutel Geld erklärte sie sich zur Missetat bereit und verabschiedete den alten Schwerenöter, unter dem Gelächter der Zuschauer, mit einem Fußtritt aus dem Bild.

In der Pause zog er Eva schnell aus dem Foyer ins Freie, um dem Getümmel zu entkommen. Eva hängte sich bei ihm ein und bemerkte: "Eine geile Sache."

"Eva," mahnte Adam.

"Also gut. Eine höchst unterhaltsame Inszenierung," dabei spitzte sie die Lippen und neigte leicht den Kopf, "diese erotischen Szenen lassen ja nichts zu wünschen übrig, doch sind sie wirklich nötig? Meine Damen und Herren, immerhin handelt es sich um unseren Dorfheiligen, den Herrn Mozart. Wir sind empört …," schließlich konnte Eva ihre Rolle nicht mehr weiterspielen und musste lauthals lachen. Nachdem sie wieder zu Atem gekommen war, fragte sie: "Sind die in ihren Aufführungen immer so offenherzig."

"Nein, bisher war das nicht der Fall. Mir gefällt das ganz gut, zumal die Darstellerinnen attraktive Körper haben, aber eingangs hat mich die Frage danach, was Natur ist und was nicht, etwas vom Stück abgelenkt. Ich bin ja doch nur ein Mann."

"Keine Frage, Du bist nur ein Mann," sie lachte, "aber auch mir als Frau haben die nackten, oder angedeutet nackten Frauen gut gefallen. Die wenig bekleideten Männer haben mir jedoch lange Zeit gefehlt. Das wurde dann ausgeglichen, als die beiden vermeintlichen Fremden, nachdem sie eine Vergiftung vortäuschten, von der Dienerin zur Anwendung ihres magnetischen

Heilungsverfahrens kenntnisreich entkleidet wurden und sich aufgrund ihrer vorgetäuschten Ohnmacht, gegen ihre Scherze nicht zu Wehr setzen konnten.

Bei derartigen Inszenierungen könnten wir öfter einmal in die Oper gehen, die Musik ist mir ungewohnt, gefällt mir jedoch gut."

"Diese Inszenierung ist ungewöhnlich freizügig. Ich komme nicht sehr oft in ein Musiktheater, aber so etwas wie hier dürfte eher selten stattfinden. Ich finde es mutig und stimmig, lenkt aber sehr von der Musik ab. Wir werden ja sehen, was im zweiten Akt passiert, da ist nämlich alles ausgewechselt, nur das Orchester bleibt, sogar die Dirigenten wechseln.

"Schade," bemerkte Eva, "da bleibt es offen, ob das zweite Team auch so mutig ist. Leid ist mir auch um die Sängerin der Fiordiligi. Wie die gegen Schluss sang, war sie eine unglaublich starke Frau, als sie ihre Standhaftigkeit und Treue gegenüber ihrem Bräutigam bekundete. Einfach toll gemacht und dann diese Musik dazu. Eine starke Figur und eine starke Rolle … und dann die Ohrfeige für den Typen, der keine Ruhe gibt, echt stark. Diese junge Sängerin hat eine super Bühnenpräsenz."

Die Glocke hatte schon wieder zur Rückkehr aufgefordert und sie begaben sich zum Saaleingang.

"Aus vielen Gründen Danke ich Dir dafür, dass ich dabei sein darf. Anfangs hatte ich ganz schön Bammel davor," sagte Eva, ehe das Cembalo den zweiten Akt eröffnete.

"Barbara, perché fuggi?"

Das Gedächtnis ist ein seltsames Ding und Adam wurde immer wieder von seinen Inhalten überrascht. Es gab da einen Speicher, in dem die Erinnerungen sich aufhielten und dann plötzlich, auf einen völlig unerwarteten Impuls hin, in das Bewusstsein auftauchten. Dieser Ausruf Ferrandos, der die Flucht der Fiordiligi beklagt, weckte in ihm das Nachsinnen an Episoden einer Beziehung, als er Anfang der Zwanzig war. Er war damals in ein Mädchen namens Barbara verliebt gewesen, die ihn immer dann verließ, wenn es am Schönsten war.

Zu dieser Zeit hatte er kurz zuvor die Oper "Cosi van Tutte", in einer Aufnahme mit Karl Böhm, zu entdecken begonnen. In seiner Heimatstadt war es nicht einfach, einen entspannten Zugang zu diesem Komponisten zu finden. Nach einer Phase der Begeisterung in der Kindheit folgte heftige Ablehnung, wohl auch aufgrund des Trubels, der hier um Mozart herrscht. Als Erwachsener konnte er sich wieder annähern und in dieser Phase fand die erinnerte Episode statt. Er kannte diese Passage, die er Barbara mehrmals in genau dieser Tonfolge nachrief, als sie sich wieder zum Aufbruch bereit machte: "Barbara, perché fuggi". Sie antwortete mit einem sanften lächeln "es muss sein". Inzwischen besaß er zusätzlich Aufnahmen mit Ricardo Muti, Neville Marriner, Nikolaus Harnoncourt, John Eliot Gardiner auf CD, DvD und Videos, aus Salzburg, Glyndbourne und Aix en Provence. Eva hatte die Einladung abgelehnt, zur Einstimmung und Vorbereitung eine dieser Aufnahmen anzusehen. Sie wollte sich nicht die Begegnung mit einer für sie neuen Oper vorbelasten. Er musste sie unbedingt dazu überreden, mit ihm später einmal die DVD mit der Aufnahme der Salzburger Festspiele mit Ricardo Muti aus den Achtzigerjahren anzuschauen. Diese war in der Inszenierung ein starker Kontrast, sehr züchtig, aber ungemein zauberhaft.

Adam bemühte seine Aufmerksamkeit zurück in diese Aufführung. Leider war der zweite Akt dann eher konventionell inszeniert. Auch die Sänger und Sängerinnen waren nicht mehr so darstellungsstark. Nur die Dirigenten harmonierten in ihren Auffassungen der Interpretation und das Orchester spielte wie die Großen seiner Zunft. Im Hinausgehen kommentierte Eva die Schwächen des zweiten Teiles kritisch und beschwerte sich über die Tatsache, dass in der Handlung letztendlich wieder die Frauen die Blöden waren. Adam fragte nach, wie sie zu diesem Eindruck gelangte. Seinem Eindruck nach hätten sich die Paare doch am Schluss versöhnt.

"Haben sich die Männer für ihr übles Spiel entschuldigt?" fragte Eva. Nein, es wäre selbstverständlich gewesen, dass die Untreue der Frauen das Problem war und nicht diejenige der Männer, welche die Untreue provoziert und durchaus genossen hätten. In ihrer Diskussion wurden sie unterbrochen, als eine Gruppe junger Leute sie umringte und zur Teilnahme an der Premierenfeier im "Bräu" aufforderte. Adam blickte zu Eva, die lächelnd nickte.

Entgegen seiner Befürchtung fühlte sich Eva auf der Feier wohl und schloss sich bald den Studenten an, während Adam von seinen Vereinskollegen in Beschlag genommen wurde. Nach langen Gesprächen über die aktuelle Inszenierung, zukünftige Projekte und so manchem Glas Wein fand er Eva wieder. Sie saß in einer Gruppe von Studenten, die sich angeregt darüber unterhielt, wie politisch opportun die Aufführung von Stücken wie der "Cosi", in Zeiten der so mangelhaften Gleichbehandlung von Männern und Frauen, sei. Eva war in eine Diskussion geraten, die sie interessierte. In ihrer Aufmerksamkeit auf die Inhalte des Gesprächs entdeckte sie ihn längere Zeit nicht und er hatte Gelegenheit, zu beobachten, wie sie den Argumenten für einen Boykott derartig frauenfeindlicher Opernliteratur folgte und dann wieder ihr Interesse auf die Beiträge lenkte, die für ein Verständnis der Handlung aus den historischen Verhältnissen heraus waren, ohne dass man deshalb die Interessen der Frauen durch heimliche Komplizenschaft der Inszenierung mit der Ungleichheit verriete. Hin und her wogte das Gespräch, ob derartiges möglich wäre und so mancher Sprechweise, aber auch etlichen Inhalten, merkte man den Alkoholkonsum der Argumentierenden deutlich an. Als Eva Adam entdeckte, versuchte sie aufzustehen, bedurfte jedoch der Unterstützung ihrer Nachbarn, um erfolgreich zu sein. Auch sie spürte die Wirkung des Alkohols und die Beiden beschlossen nach Hause zu fahren. Gut gelaunt, aber müde, suchte jeder schnell den Weg in sein Bett.

Adam erwachte, als sich die Türe seines Schlafzimmers öffnete und Eva im Dämmerlicht zu erkennen war.

"Darf ich bei Dir schlafen, ich bin noch so aufgeregt und kann nicht einschlafen."

Adam brummelte verschlafen: "Gut, aber nur wenn Du mich weiterschlafen lässt."

"Danke." Und nachdem sie unter die Decke geschlüpft war: "Du bist ja nackt!"

"Ich schlafe immer nackt, wenn ich allein bin."

"Gut dann ziehe ich mich auch aus."

Eva strampelte ihren Pyjama vom Leib und ehe Adam noch seinen Unmut, über diese nächtliche Unruhe äußern konnte, drängte sich ein warmer, weicher Körper an ihn und er vergaß seinen Ärger.

"Weißt Du, dass die Frauen in dem Film in der Oper tatsächlich nackt waren? Ich habe sie auf der Party gefragt und anfangs verneinten sie dies, aber dann gestanden sie, dass die Erklärung mit dem hautfarbenen Trikot nur für die Honoratioren galt, tatsächlich war alles echt. Auch die Sängerinnen im Ankleidezimmer waren unter den durchsichtigen Dessous nackt, die Konturen waren nicht aufgemalt, wie wir dachten."

Diese Erinnerung und Evas nackter Körper an seinem Körper, weckten Adams Erregung, die er jedoch vermeiden wollte.

"Eva ich bin müde. Können wir morgen darüber weitersprechen? Ich möchte schlafen. Gute Nacht."

"Gut, dann Gute Nacht."

Eva kuschelte sich an ihn und spürte seine Aufregung.

"Dein Schwanz will etwas anderes."

Adam unwillig: "Ich mag dieses Wort nicht."

"Hättest Du lieber Johannes?" Eva kicherte.

"Du spinnst! Brauchst Du unbedingt einen Namen."

"Ja klar. Du sagst ja auch Hand und Kopf," sie hielt kurz inne, "und Busen". Sie lacht auf. "Glied wäre dann schon zu viel Medizin, oder?"

Allmählich gewann auch Adam Spaß an dieser Unterhaltung.

"Bitte nicht. Dann schon lieber Johannes. Nach einer kurzen Pause. Nein lieber John."

Eva kicherte. "Long John."

"Du übertreibst."

"Ihm gefällt es, wenn wir über ihn reden." Sie berührte seine Lenden. "Nennen wir ihn James?"

"Ja, James ist gut," sagte Adam, "dann heißt er wie ein englischer Butler. Er muss dienen, hat jedoch einen starken eigenen Willen."

"James gefällt auch mir. "

Sie drängte sich noch weiter an ihn und sagte mit schmeichelnder Stimme: "Du, Adam, ich glaube James will spielen."

Eva begann nach ihm zu tasten.

Adam bemerkte schroff: "Darf er aber nicht. Er soll schlafen." Adam drehte sich zur anderen Seite: "Gute Nacht."

"Wenn's sein muss: Gute Nacht." Auch Eva wandte sich nun ab und nach wenigen Minuten war sie eingeschlafen, während Adam jetzt sehr wach war.

Adam hatte sich bisher noch nie mit der Frage beschäftigt, welche der Legenden über den männlichen Sexualtrieb im Alter, auf ihn zuträfe. Vom allmählichen Verklingen konnte nicht die Rede sein, ganz im Gegenteil, der zunehmend auch körperlich vertraute Umgang mit Eva hatte ihn in eine, sein Leben bereichernde Gefühlswelt geführt, wie er sie schon lange nicht mehr verspürt hatte. War es diese Phase, die bei älteren Männern behauptet wird, dass der Trieb nochmals auflebe und zum letzten Mal, insbesondere gegenüber jungen Frauen aufflamme, ehe er auf ewig verlösche? Eine derartig allgemeine Erregbarkeit hatte er bei sich bisher nicht verspürt. Seine wiederentdeckte Freude an einer Frau war auf Eva bezogen und beschränkt. Er würde sein Verlangen in Hinkunft mit Argwohn beobachten.

Nach wenigen Stunden Schlaf erwachte Adam in Evas Armen mit einer mächtigen Erektion. Diese blieb diesmal von ihr unkommentiert. Sie schlief tief und fest. Vorsichtig löste er sich aus ihrer Umarmung und konnte unbemerkt Bett und Schlafzimmer verlassen, um zu Duschen und anschließend das Frühstück vorzubereiten. Er war dankbar, dass Eva weiterhin schlief, denn er hatte viel Stoff zum Nachdenken.

Litt er nun an dieser Altersgeilheit eines Sommers, der schon längst vergangen, spät im Herbst nochmals seine gesamte Kraft zu zeigen versuchte. Hatte Eva nur die Bedeutung des Südwinds, dessen es bedurfte, um diese längst vergangene Kraft vorzutäuschen? Sollte dies der Fall sein, wäre diese dann etwas Lasterhaftes? Diese verspätete Virilität, gegen Ende eines Lebens, die einen Frühling vorgaukelt, dessen Triebe zu keiner Frucht mehr führen können, wie unfruchtbares Unkraut und leerer Strunk. Alles war schon abgelegt und vorbei gewesen, nun kehrte das Drängen der Drüsen zurück. War dies ein falscher Sommer, sein falscher Sommer? Nicht der Freude und der Lust mistraute er, doch waren diese Gefühle auch zulässig? Durfte er die Frucht, die ihm dargeboten wurde und die er so sehr begehrte, auch pflücken? Das wäre doch sehr selbstsüchtig und wahrscheinlich würde er dafür bestraft werden und könnte die Beziehung zu ihr verlieren, wenn er einen Fehler beginge. Er konnte sich auf keine Ordnung außerhalb seines Selbst zurückziehen. Nur er selbst war die Instanz, die ihm die Erlaubnis dazu erteilen durfte, aber auch musste. Noch gewährte er sie sich nicht und kehrte in das warme Bett zurück, das auf ihn zu warten schien.

Zuviel stand auf dem Spiel, ihre gemeinsame Beziehung, jedoch auch sein seelisches Gleichgewicht und wohl auch Evas zukünftiges Leben. Er durfte nicht seiner Gier folgen, sondern musste den Kopf benützen und eine Orientierung finden, mit der er erkennen konnte, was an möglichem Verhalten richtig war und was falsch.

An Evas Eingangstüre ertönte der Gong und beinahe gleichzeitig heftiges Klopfen. 'Kathi, sonst kommt niemand hier so an,' dachte Eva. Ehe sie sich noch erheben konnte, setzte sich der Lärm fort, bis Eva endlich die Türe öffnete und vor dem auffliegenden Teil in Deckung ging.

"Hey, Dich sieht frau ja gar nicht mehr! Was treibst Du die ganze Zeit."

"Ich lebe Kathi, ich lebe."

Kathi hatte inzwischen ihre Schuhe von den Füßen gestreift und sich auf die Couch geknallt.

"Ja gut, aber wo lebts Du. Man trifft Dich nirgends mehr, selbst am Festival bekam ich Dich nur bei den Fahrten zu Gesicht."

Eva räumte die Schuhe an den dafür vorgesehenen Platz und setzte sich Kathi gegenüber.

"Naja, da waren ja wirklich viele Leute …",

Kathi setzte fort

"… und spätestens ab dem zweiten Tag ein sehr gut-aussehender junger Mann."

Eva lachte.

"Das muss auch gelegentlich sein."

"Ich habe jedes Verständnis dafür, aber auch zu Hause sieht man Dich gar nicht mehr. Was machst Du die ganze Zeit."

"Wie schon gesagt, leben und zwischen durch auch noch arbeiten."

"Und ficken, wahrscheinlich. Sag', bist Du noch mit dem alten Mann zusammen."

Eva sagte verärgert: "Nenn' ihn nicht immer alter Mann. Er heißt Adam und er ist kein alter Mann. Und wir sind nicht zusammen, aber wir treffen uns gerne und oft."

Kathi setzte ihren, um Entschuldigung bittenden, Dackelblick auf und sagte: "Es tut mir leid. Das ist mir jetzt so rausgerutscht. Ihr seid also noch zusammen, oh entschuldige, ihr trefft Euch noch oft. Habt ihr jetzt endlich …?"

"Wir sind seit längerem regelmäßig miteinander im Bett, ja."

Kathi blickte sie zweifelnd an, dann schüttelte sie den Kopf und bemerkte: "Du weißt schon, wie ich das meine."

Eva wollte sich auf dieses Thema nicht einlassen, zumindest jetzt nicht und fragte: "Kaffee oder Wein?"

Kathi sah auf die Uhr und sagte: "Schon fast fünf, Rotwein bitte!"

Eva ging in die Küche und begann ein Tablett mit zwei Gläsern und einer Schüssel mit Salzgebäck vorzubereiten. Sie fand eine Flasche Chianti, von dem sie, nur für den Notfall, eine zweite hatte. Immerhin war Kathi zu Besuch, das konnte auch länger dauern. Heute hatte Eva die Absicht zu warten, bis Kathis "charmante" Art der Kontaktaufnahme überstanden war. Eva öffnete die Flasche und stellte sie zusätzlich auf das Servierbrett.

Kathi war ein liebenswürdiger, gutherziger Mensch und Eva liebte ihre Freundin, aber ihr Begrüßungszeremoniell war eine Katastrophe. So manche ihrer Bekannten hassten sie richtiggehend und hielten sie für eine blöde Kuh. Sie war das Letzte womit diese es zu tun haben wollten. Eva kannte Kathi schon sehr lange und vor allem besser als die meisten anderen. Sie waren in der zweiten Klasse des Gymnasiums gewesen, als sie damit begonnen hatten, gemeinsam die Hausaufgaben zu erledigen und auf Prüfungen zu lernen. Sie waren gute Freundinnen geworden und mehr als das. Erst während dieser Zeit hatte Kathi damit begonnen, bei Begegnungen mit anderen Menschen ihre Unsicherheit mit ihren Rüpeleien und dem Poltern bei Begrüßungen zu überspielen. Sobald sie sich angenommen fühlte, senkte sie ihre Stacheln und wurde zu der liebenswerten Person, die sie eigentlich war. Viele Mitmenschen hatten jedoch nicht die Geduld, diese Phase abzuwarten. Die hatten sie schon abgeschrieben, ehe sie wirklich angekommen war.

Eva trug Getränk und Knabberei ins Wohnzimmer und schenkte Wein in die Gläser ein. Als sie sich wieder auf ihren Stuhl setzen wollte, klopfte Kathi auf den Platz neben sich auf der Couch und bedeutete ihr, sich neben sie zu setzen.

"Setz Dich zu mir, ich bin heute etwas anlehnungsbedürftig."

"Gerne. Was ist los mit Dir?"

"Ich weiß es nicht, aber ich bin nicht gut drauf. Mein Typ geht mir allmählich kräftig auf die Nerven. Ich soll ihn anschließend treffen und ich will das nicht."

"Dann triff ihn nicht."

"Gut, ich denke darüber nach. Außerdem löchern mich meine Eltern andauernd. Sie werfen mir vor, dass ich zu wenig studiere. Sie haben ja recht, ich kann diese Juristen wirklich nicht mehr ausstehen, doch was soll ich denn sonst machen? Irgendwie ist mir derzeit alles zu steil."

Eva nahm einen Schluck vom Wein. Als sie sich zurücklehnte, kuschelte sich Kathi an ihre Seite. Eva legte ihren Arm um sie und begann sie am Oberarm zu streicheln.

"Kann ich heute bei Dir schlafen? Das würde mir guttun."

"Klar Kathi, das hast Du schon lange nicht mehr getan. Es wäre wieder einmal schön."

"Ich möchte nicht stören. Wenn Du mit Adam etwas vorhast, gehe ich wieder."

"Nein, das habe ich nicht. Wir stecken nicht immer zusammen. Du störst nicht und für den Notfall habe ich noch eine zweite Flasche."

Kathi trank ihr Glas in einem Zug aus. Eva schenkte ihr nach, als Kathi bemerkte: "Die werden wir wohl brauchen. Kann ich ins Bad gehen, um zu telefonieren? Ich sage mein Treffen mit dem Typen einfach ab, der soll doch zur Hölle fahren."

Eva wies ihr mit dem Arm den Weg, den sie ohnehin schon kannte und Kathi verschwand. Kurz darauf war es an diesem Ort laut geworden. Kathie schimpfte wie ein Rohrspatz.

Kathi hatte mit allem Sex, was zwei Beine hatte, zumindest so sie Menschen waren. Das war so, seit Eva wusste, was das ist.

"Ich habe keine Laster. Ich lebe mein Leben und jeder soll sich davor hüten, mir sagen zu wollen, was ich tun soll und darf, schon gar meine Eltern. Hat mich denn irgendjemand gefragt, ob ich überhaupt zur Welt kommen will, schon gar auf diese? Meine Eltern wollten ficken und ich muss deshalb mein Leben ertragen. Nicht einmal umbringen kann ich mich, weil ich dafür zu blöd bin. Beim Sex habe ich wenigstens das Gefühl, dass ich lebe."

Eva konnte sich noch deutlich an den Tag erinnern, als ihr Kathi bei ihrer Ankunft erzählt hatte, dass sie sich kurz zuvor umzubringen versucht hatte. Kathi hatte von ihrem Leben genug gehabt und alles an Medikamenten geschluckt, was sie im Haushalt finden konnte. Das war ihre Begrüßung gewesen, als sie bei ihr aufgetaucht war und sich mehrmals ihre Seele aus dem Leib gekotzt hatte. Evas Eltern konnten damals jeden Augenblick nach Hause kommen. Deshalb waren sie in die frische Luft gegangen, als sich Kathis Magen endlich beruhigt hatte. Anschließend besuchten sie ein Kino und blieben so lange weg, bis sie sicher sein konnten, dass Evas Eltern schon schliefen. Anschließend hatte die Unglückliche einige Tage bei ihr gewohnt. Kathis Eltern hatten erst nach mehreren Tagen nachgefragt, ob sie bei ihnen wäre. Kathi hatte ihnen nichts gesagt und ihre Eltern offensichtlich keinen Hang zur Sorge. Bei Evas Mutter hatte diese offensichtliche Vernachlässigung den Mutterinstinkt geweckt und Kathi durfte nicht nur so lange bleiben, wie sie wollte, sondern war auch in Hinkunft gern gesehener Gast.

Schon bei den ersten Aufenthalten begann Eva von Kathis sexuellen Erfahrungen zu zehren. Sie hatte schon mit Burschen geschlafen und konnte alle diesbezüglichen Fragen Evas im Detail beantworten, mehr als sie je ihre Mutter zu fragen getraut hätte. Eva, die von sich in sexuellen Dingen ohnehin den Eindruck hatte, hoffnungslos zurückgeblieben zu sein, holte in diesen Tagen ihren Rückstand auf. Sie lernte von Kathi erst, sich selbst Lust zu bereiten und dann, dass dies auch zwischen Frauen eine große Freude machen konnte. Kathi konnte alles und wusste alles. Nur einmal war ihre Freundschaft ernsthaft in Gefahr, als sie damals in einem Lokal lauthals verkünden musste, dass Eva, "die letzte Festung", jetzt auch keine Jungfrau mehr war. An diesem Tag hatte Eva die feste Absicht gehabt, nie wieder ein Wort mit Kathi zu wechseln. Am folgenden Tag war diese dann zerknirscht vor der Türe gestanden und hatte darum gebeten, ihr zu verzeihen. Der Alkohol habe sie unvorsichtig gemacht. Eva hatte ihr noch ein paar Stunden gegrollt, doch als sie dann im Bett liebevoll verwöhnt worden war, war sie versöhnt gewesen.

Inzwischen war es im Badezimmer ruhig geworden. Nach wenigen Minuten kam Kathi heraus und setzte sich wieder zu ihr.

"So ein Arsch! Der meint wohl, ich bin sein Eigentum. Der kann mir gestohlen bleiben. Hast Du noch Wein?"

Eva schenkte ihr nach. Als sie erkannte, dass sich der Inhalt der Flasche dem Ende zuneigte, holte sie die zweite aus der Küche und Kathi kuschelte sich an sie.

"Zumindest habe ich Dich, Du bist die einzige treue Seele, die zu mir hält. Aber bevor ich hier zu heulen beginne, erzähl mir von Dir. Wie geht es mit Adam, habt ihr jetzt endlich miteinander geschlafen?"

"Nein, das hat sich noch nicht ergeben."

"Was heißt da, hat sich nicht ergeben, da muss man etwas dafür tun. Von selbst geht gar nichts. Hast Du nicht versucht ihn zu verführen, wenn er schon derart gehemmt ist, dass er nicht selbst auf die Idee kommt?"

"Nein, nicht sehr aktiv. Gehemmt ist er aber sicher nicht. Das merke ich, wenn wir im Bett sind, da ist alles da."

"Ihr schlaft nackt?" Kathi war erstaunt.

"Ja, schon und er ist auch erregt."

"Was dann? Ist er ein derart komischer Vogel?"

"Nein, gar nicht. Wir tratschen ein bisschen, wir streicheln uns, manches Mal berühren wir unsere besonders empfindsamen Teile. Dies aber eher zufällig und er tut dann schnell seine Hand und auch meine Finger wieder weg."

"Willst Du denn mit ihm ficken, oder lässt er zu sehr seinen Daddy raushängen?"

"Ja natürlich will ich mit ihm Sex. Ich mag ihn sehr gerne und er verhält sich gar nicht so, dass man den Altersunterschied groß merkt. Wir haben eine gute Beziehung zueinander."

"Diese aber ohne Sex."

"Nein, nicht einmal das nicht. Es knistert manchmal ganz heftig zwischen uns. Die erotische Spannung ist stark und sein Schwanz drückt deutlich gegen meine Leiste, aber halt nicht mehr."

"Weiß er, dass Du mit ihm schlafen willst?"

"Sicher! Das kann er sich wohl denken."

Kathi schüttelte den Kopf. "Denken ist kein Freund der Erotik. Habt einmal darüber gesprochen? Will er überhaupt mit Dir bumsen?"

"Warum soll er nicht?" Eva blickte ihre Freundin erstaunt an. "Jeder will mit mir ficken, nur ich nicht mit jedem."

"Nein, Eva. So sind zwar viele, aber nicht alle. Glaube mir, ich habe diesbezüglich mehr Erfahrungen. Die interessanten Männer sind da sehr unterschiedlich. Wer weiß, ob er weiß und wenn er weiß, was er sonst für Gründe für seine Zurückhaltung hat. Du musst mit ihm darüber reden. Sage ihm, dass Du mit ihm schlafen willst, oder mache ihm das sonst wie unmissverständlich deutlich. Du darfst nicht einfach darauf vertrauen, dass Du von selbst das bekommst, was Du kriegen willst. Du musst etwas dafür tun."

Eva drängte sich eng an Kathi und diese beginnt ihre Wange zu streicheln.

"Du liegst wahrscheinlich richtig. Ich werde mir überlegen, wie ich das Thema mit Adam angehen kann."

Kathi drängte Eva dazu, sich längs auf die Couch zu legen, mit dem Kopf in ihrem Schoß, und beginnt sie am ganzen Oberkörper zu kosen.

"Jetzt liegst Du für mich richtig. Ich finde Frauen ohnehin schöner zum Spüren als die Männer. Diese runden Brüste, die weichen Hintern und die warmen Mösen sind mir zum Spielen viel lieber."

"Du hast mich ohnehin schon überzeugt, dass wir es heute gut miteinander haben werden."

Kathi küsste Eva mit Leidenschaft und diese antwortete ebenso.

"Du sagst da wahre Dinge. Du wärst perfekt, wenn Du auch noch einen Schwanz hättest. So ein schöner Penis mit dieser weichen Haut, gerade gewachsen, nicht zu groß, nicht zu klein, das fehlt an Dir. Ich mag an Männern auch ihre Körperhaare, nicht an Frauen, an denen habe ich sie nicht so gerne."

Im Bett liebte Eva diese weichen Hände, die ihren Körper überall berührten und seine Erregbarkeit so gut kannten. Kathi war im Wechsel zwischen Vorwärtsschreiten und Verweilen geübt. Die Beiden waren erfahren im Wandel von Aktivität und Passivität. Eva berührte ihre Freundin ebenso gerne, wie sie deren Hände auf ihrem Körper spürte. Nach langem Wogen in ozeanischen Gefühlen, war es diesmal Kathi, die an Zielstrebigkeit zulegte und Eva diejenige, die der Freundin gegenüber, keine Schuld entstehen ließ. Anschließend verging wenig Zeit, ehe sie eng umschlungen einschliefen.

'Kathi hat völlig recht, wenn sie sagt, dass ich aktiv werden muss, wenn ich Adam endlich in mir spüren will. Das will ich. Ich will mit Adam ganz zusammen sein, will mit ihm vollständig Frau und Mann werden. Aus einem mir nicht bekannten Grund tut er da nicht weiter, wo wir schon angekommen sind. Dieser Mann ist der Beste, der mir bis hierher in meinem Leben begegnete. Mir ist völlig egal, dass er so viel älter ist. Ich liebe ihn und kann mir gut vorstellen, dass wir für immer zusammenbleiben und mir geht es am Arsch vorbei, was andere Leute über uns denken. Er muss auch nicht mit mir zum Festival fahren, oder mit in die Disco tanzen gehen. Wenn ich dazu Lust habe, dann kann ich das machen, ohne Probleme mit ihm zu kriegen. Wir haben so viele andere Dinge, die wir gerne zusammen unternehmen, wir müssen nicht alles gemeinsam tun, was mir Spaß macht. Es ist so gut mit ihm zu reden und es ist ganz fein mit ihm zu kuscheln. Ich habe mit ihm zusammen nie das Gefühl, dass er mir vorschreibt, dass ich nicht tun darf was mir gefällt. Aber dann schiebt er meine Hand weg, wenn ich länger seinen Schwanz halten will. Führe ich seine Hand an meine Muschel, beginnt er nicht, sie zu streicheln, sondern zieht sie bald wieder weg. So, als wolle er einen Höflichkeitsbesuch nicht länger ausdehnen, als dies unbedingt nötig ist. Bin ich undeutlich in meinen Wünschen? Das kann ich mir nicht vorstellen. Was ist einladender, als die Hand eines anderen Menschen auf seine Möse zu legen? Kann es die Erinnerung an seine Frau sein? Das ist wohl nicht der

Fall. Immerhin hatte er später nach ihrem Tod versucht, eine neue Gefährtin zu finden. Da wird es auch nicht beim Blümchenbetrachten und Händchenhalten geblieben sein. Wie kann ich mit ihm darüber reden? Unsere einzige Krise bisher war, als ich auf seine Frau zu sprechen kam. Das ist ein gefährliches Thema, da muss ich vorsichtig sein.

Wie komme ich endlich dazu, mit Adam richtigen Sex zu haben, mit allem Drum und Dran? Kathi hat so oft davon erzählt, wie gut das mit einem erwachsenen Mann ist, viel besser als diese Rammelei mit den Jungs. Wie kann ich es anstellen und Adam verführen? Es ist unübersehbar, dass er das auch will. Da kann ich mir sicher sein, seit er seine Erregung nicht mehr versteckt. Soll ich ihm einen Brief schreiben? Was schreibt man in einen solchen Brief? Ich bin im Reden über solche Sachen unbeholfen und neige zu Worten, die seine Gefühle verletzen. Beim Schreiben könnte ich länger nachdenken. Deshalb werde ich ihm einen Brief schreiben.'

Eva holte sich einen Stift und Papier. Sie begann: "Lieber Adam, ich möchte mit diesem Brief etwas mitteilen, was ich Dir nicht direkt sagen kann. Ich kann mir inzwischen vorstellen, diese Grenze der Vertrautheit zu überschreiten, die da immer noch zwischen uns besteht. Diese zu übertreten haben wir uns bisher versagt. Du kannst Dir vorstellen, dass ich in sexuellen Dingen weniger erfahren bin, als Du es bist und möchte Dich weder enttäuschen noch etwas falsch machen. Kannst Du mich in diesen Dingen leiten, wie Du es bisher in so vielen anderen Dingen getan hast. Meinem Eindruck nach fühlst Du in Dir das gleiche Verlangen. Hilf mir." Eva legte den Stift wieder weg.

'Das klingt alles Scheiße! Viel zu gestelzt. Soll ich ihn nicht doch lieber mit der Hilfe einer Arznei willenlos machen, dann wäre der Bann gebrochen und hinterher alles leichter. Immer wieder höre ich davon, dass junge Frauen mit derartigen Mitteln sexuell gefügig gemacht werden. So etwas funktioniert sicher auch bei Männern. Wie kommt frau an ein derartiges Mittel. Ich kann doch nicht einfach in eine Apotheke gehen und fragen, ob sie eine Medizin hätten, um einen Mann willenlos zu machen, aber sonst aktiv zu halten, zumindest in den entscheidenden Regionen. Ich müsste wohl eher einen der Burschen in Kathis Umfeld fragen. Die wissen ziemlich sicher, wo man solche Sachen herbekommt. Doch ist das, glaube ich, keine gute Idee. Das will ich dann doch nicht. Denen fällt ganz sicher ein, die Wirkung dieses Mittels zuerst an mir auszuprobieren. Außerdem besteht die Gefahr, dass Adam sauer darauf reagiert und mich in die Wüste schickt. Ich will ihn ja nicht willenlos, ich will, dass er mich will. Wahrscheinlich will er ja, er soll diesem Willen nur nachgeben. Darum geht es. Vielleicht braucht er dazu Mut. Er muss sich Mut antrinken. Das ist eine gute Lösung. Ich werde ihm zu einem ordentlichen Rausch verhelfen. Dazu muss er mehr trinken, als er das üblicherweise tut. Mit einem guten Wein könnte das gelingen. Ich werde einige Flaschen Rotwein kaufen und dann, bei seinem nächsten Besuch, weniger trinken, als er und meine eigene Trunkenheit vortäuschen. In meiner vermeintlichen Hilflosigkeit und seiner herabgesetzten Selbstkontrolle kann ich das vielleicht schaffen.'

Eva hielt sich oft bei Adam auf, jedoch nicht immer. Das kam beiden gelegen. Sie verbrachten viel Zeit zusammen, aber nicht alle und mussten keinen Namen für ihre Beziehung finden. Jede Person hatte ihre Freiräume. Evas Wunsch war nicht in den Hintergrund getreten, doch hatte sie mehrere Tage keine Gelegenheit gefunden und manches Mal auch keine Lust dazu gehabt, über ihr Verlangen zu sprechen. Wieder einmal war sie nach der Arbeit zu Adam gefahren.

"Brr! So ein sch… lechtes Wetter."

Adam hörte das und eilte zur Eingangstüre. Dort stand tropfnass Eva und bemühte sich, mit ihren klammen Fingern die Bänder ihrer Schuhe zu öffnen. An diesem Tag hatte es, nach morgendlichem Sonnenschein, am Nachmittag zu regnen begonnen und Eva war durchnässt und unterkühlt bei Adam angekommen. Sie hatte seit längerer Zeit einen Teil ihrer Kleider bei Adam eingelagert und so war es kein Problem, sich neu und trocken einzukleiden.

"Warte, ich hole ein Handtuch, auf das kannst Du steigen. Darauf rutschst Du dann ins Badezimmer. Dort ziehst Du Deine nassen Sachen aus. Ich bereite Dir inzwischen ein warmes Wannenbad."

Eva schälte sich aus der an der Haut klebenden Kleidung, während Adam vor der Wanne kniete und die Temperatur des einlaufenden Wassers prüfte und regulierte.

"Da, fühl mal."

Sie legte ihm ihre eiskalten Hände an die Wangen, er blickte auf und schaute auf mit Gänsehaut überzogene Brüste. Die Warzen waren zusammengezogen und er küsste eine von ihnen mit spitzen Lippen, ehe er aufstand und kommandierte: "So, jetzt aber ab ins warme Wasser, sonst wirst Du noch krank."

Eva folgte seiner Anordnung, während er die nassen Kleider sortierte und auf den Trockner hängte.

"Willst Du warme Milch mit Honig?"

"Das wäre lieb von Dir."

Inzwischen schaute nur noch ihr Gesicht aus dem Wasser.

Adam brachte eine große Tasse mit warmer Honigmilch, um sie anschließend allein dösen zu lassen. Er selbst legte sich im Wohnzimmer auf die Couch, um in der Tageszeitung zu lesen. Gegen Ende der Zeitung angelangt, hörte er aus dem Badezimmer: "Adam, kannst Du mir bitte aus der Wanne helfen, ich bin beinahe eingeschlafen und die Gelenke sind ganz steif."

Er überlegte nicht lange, kam ins Badezimmer und reichte ihr beide Hände, um sie beim Aufstehen zu unterstützen.

"Du hast ja einen rosaroten Babypopo, ganz aufgeweicht vom langen Liegen im warmen Wasser."

"Es war etwas zu lange, aber es war so schön in der Ursuppe zu dösen."

Das Wasser lief ihren Körper hinab. Sie drehte sich etwas zur Seite und blickte auf ihr Hinterteil.

"Findest Du nicht, dass er allmählich die Form verliert?"

"Du spinnst, bei Dir ist doch noch alles dort, wo es hingehört."

Er greift nach dem Badetuch und hält es ihr hin.

"Aber Fett setze ich schon an."

Sie bildete am Bauch mit Daumen und Zeigefinger eine Hautfalte. Adam lachte.

"Diese Art Fett findest Du auch bei Magersüchtigen."

Eva war inzwischen aus der Wanne gestiegen und hielt das Badetuch in der einen Hand und führte mit der anderen Adams rechte Hand an ihre Brüste und drückte sie dagegen.

"Aber die werden schon weich," bemerkte sie mit einem Seitenblick auf ihn und lächelte schelmisch. Sie drängte sich an Adam und begann ihr Becken an ihn zu reiben.

"Ja, das stimmt. Die werden bald an den Nabel reichen," sagte er grinsend.

"Dafür wird's bei Dir härter."

"Du bist kokett."

"Nein, aber ich liebe den Wettbewerb. Schon in der Schule hatte ich großen Spaß daran."

Adam runzelte die Stirn und fragte: "Wie kommst Du jetzt auf diese Idee? Wir haben keinen Wettbewerb."

Adam trat einen Schritt zurück.

"Oh doch. Ich wette mit Dir, dass ich Dich in mein Bett bekomme."

Sie begann sich abzutrocknen, während er zweifelnd die Stirn runzelte und den Kopf schüttelnd bemerkte: "Das hast Du doch schon geschafft, das ist kein Wettbewerb."

Jetzt war Eva überrascht.

"Wieso? Ich denke schon, dass wir einen Wettbewerb austragen, den ich gewinnen will."

"Gut Du hast schon gewonnen. Was soll das für eine Wette sein?"

Eva hielt erstaunt in ihrer Handlung inne.

"Wieso? Das musst Du mir erklären."

"Wir waren doch schon miteinander im Bett."

Sie blickte ihn mit offenem Mund an und dachte nach. Ganz langsam veränderten sich ihre Gesichtszüge, als ihr dämmerte, was er meinte und sie auflachte.

"Nicht so, Du Nerd! So richtig, mit allem Drum und Dran."

Jetzt musste auch Adam schmunzeln und sagte: "Trockne Dich jetzt fertig ab, sonst holst Du Dir noch eine Erkältung."

Adam verließ das Badezimmer und legte sich wieder ins Wohnzimmer. Er hörte Eva im Bad hantieren und schließlich den Fön, mit dem sie ihre Haare trocknete. Wenige Minuten später kam sie im Bademantel ins Zimmer und kuschelte sich, nach allen Wohlgerüchen der Körperpflege duftend, zu ihm auf die Couch. Sie schlang ihre Arme um ihn, legte ihren Kopf an seine Schulter und fragte leise: "Adam, lass' uns miteinander schlafen, einfach so, jetzt gleich. Ich möchte das so gerne."

Adam schwieg kurz, holte dann tief Luft und antwortete: "Eva, zwischen uns sind so viele Jahre."

Er richtete sich teilweise auf und sah ihr in die Augen.

"Ich begehre Dich, und ich liebe Dich. Weil ich Dich liebe will ich dieses Begehren nicht zum Höhepunkt und Abschluss bringen."

Er sieht, dass sich ihre Augen mit Tränen füllen.

"Zumindest will ich das vorerst nicht. Ich kann nicht vorhersehen, wie sich unsere Beziehung weiterentwickelt. Im Augenblick bin ich nicht dazu bereit. Ich werde nicht in den Apfel beißen, den Du mir so großzügig darbietest. Ich kann mich nicht von dem Gedanken lösen, für Dich wäre es besser mit einem Jüngeren den Paradiesgarten zu verlassen und mit ihm eine Familie zu gründen."

Eva hatte ihren Blick abgewannt und drückte sich an seine Brust.

"Adam, Du denkst zu viel nach. Warum können wir nicht ganz Frau und Mann sein? Ich will einfach mit Dir schlafen, weil ich Dich liebe und weil ich annehme, dass es schön sein kann, Dich in mir zu spüren, ganz mit Dir zusammen sein. Wenn ich das mit anderen Männern tat, konnte ich nur kurze Zeit zufrieden sein. Mit Dir wäre es etwas ganz anderes."

"Eva es freut mich, dass Du so empfindest, aber Du stehst am Beginn einer neuen Lebensphase und ich nähere mich dem Ende. Liebe, die einem angeboten wird, ist ein wunderbares Geschenk und ich kann Dir gar nicht sagen wie groß meine Freude darüber ist. Bitte sei mir nicht böse, wenn ich das Paket gerne entgegennehme, aber vorläufig nicht öffne. Ich werde es möglichst oft in meinen Armen halten. Fluten wir unsere Sexualität einstweilen mit der Ziellosigkeit des Zen."

"Das ist nicht ganz das, was ich will."

"In Dir schwirren verschiedene Gelüste, viele von ihnen ungeordnet. Dies ist völlig in Ordnung, wenn Du ihnen nachgibst, solange Du weißt, dass es da noch etwas anderes gibt, dem Du Dich nicht verschließt. Ich kann mich nicht daran erinnern, wo ich diesen Gedanken aufgeschnappt habe, dass die Sexualität, die man lebt, nicht so etwas wie ein voranschreitender Schiffbruch im Formlosen sein soll, sondern ein

Hereinbrechen des Werdens. Ansonsten vegetiere man in einer Vorhölle der Zeit. Aber jetzt ist es besser, damit Schluss zu machen."

Adam stand auf und lockerte seine Gelenke.

"Zieh Dich an und lass' uns Essen gehen, ich habe riesigen Hunger."

Evas Verhalten versetzte Adam in einen Zustand jugendlicher Erregung. Er spürte sie gerne und erlebte mit Vergnügen, dass er noch nicht vertrocknet oder zu Stein geworden war. Die wiedererlebte Kraft seiner Lenden machte ihm Freude, schuf aber auch Misstrauen. Jahrzehntelange Übung in kritischer Selbstbetrachtung ließ ihn gegenüber seinen Gelüsten Zurückhaltung üben. Selbstkontrolle war ihm in seinem Leben wichtig. Er wusste, dass er kein biblischer König David war, er durfte sich vom Verkehr mit jungen Frauen keine Rückkehr seiner Jugend erhoffen. Er war inzwischen ein alter Mann geworden und kein Zauber würde ihm seine Jugend zurückbringen. Adam hatte keine Erfahrung was man dabei fühlt, wenn man ein eigenes Kind liebt, aber darin war er sich sicher, dieses Begehren, das er Eva entgegenbrachte, hatte den bittersüßen Geschmack des Inzest.

Er wollte sich das nicht nehmen, was ihm Eva so freizügig darbot. Er hatte keinen Grund, sich für die lange Zeit, die ihm diese Freude versagt geblieben war, entschädigen zu wollen. Es war kein moralischer Widerstand, der ihn daran hinderte. Er hatte große Freude am Zusammensein mit Eva und an der erotischen Komponente ihrer Begegnungen. Er wusste sie zu genießen. Der Genuss war ihm auch deshalb möglich, weil ihm klar war, dass er der Versuchung Evas widerstehen konnte. Trotzdem ihn dieser anregende Zustand betörte, würde er seinen Vorsätzen, oder besser seinen Einsichten nicht zuwiderhandeln. Er würde den Aufenthalt im Garten Eden nicht unbedacht gefährden. Durch die bleibende Lust, die keiner Auflösung durch einen Höhepunkt zustrebte, befand er sich in einem Schweben, das selbst in Evas Abwesenheit anhielt.

Und Eva? Eva wollte mit Adam vögeln und das lieber gestern als heute. Sie wollte endlich mit ihm erleben, wie das wäre. Jeder Mann, der ihr begegnete, wollte mit ihr vögeln, nur Adam nicht. Nein, das war nicht richtig, das wusste inzwischen auch Eva. Sie kannte die Erregung, die zwischen ihnen herrschen konnte und die Lust, die anhielt, wenn man ihr nicht nachgab. Adam war kein Heiliger. Als sie ihn einmal so bezeichnete, hatte er dies lachend bestritten. Er wolle auch keiner sein. Seiner Meinung nach würde das Leben von Heiligen überschätzt. Adam machte sich Gedanken und überlegte viel und das war ja auch ganz lieb von ihm, aber wie lange brauchte er denn noch. Adam sprach von sexueller Liebe und von der Sorgsamkeit, mit der man sie behandeln müsse, auch in der Sprache und in der Wahl des Partners. Sie sollte etwas Besonderes sein, nicht so wie es Kathi macht, so eine täglich auszuführende Reinigung der Körpersäfte. Musste das nicht auch sein?

Als sie in dieser Nacht eng aneinander lagen fragte Eva:

"Nagt denn kein Verlangen in Dir?"

"Nein, mein Verlangen nagt nicht. Ich kann das, was wir haben durchaus genießen."

Und nach kurzer Pause setzte Adam fort.

"Wir sind wie das erste, das biblische Paar, nackt und unschuldig."

"An unserer Unschuld zweifle ich," motzte Eva.

"Aneinander unschuldig sind wir auf jeden Fall. Keiner von uns nimmt an unserem Zusammensein Schaden."

Eva lachte.

"Du vielleicht nicht, aber ich allmählich schon. Zumindest an meinem Selbstbewusstsein, wenn es mir nicht gelingen sollte, Dich zu verführen."

"Dein Vermögen zu Verführen ist doch unverkennbar."

"Ja, aber nicht erfolgreich."

"Du weißt, dass ich der Meinung bin, dass Du diese Grenze mit einem anderen, jüngeren Mann überschreiten sollst."

"Aber ich liebe doch Dich und nicht irgendeinen anderen jungen Mann."

"Ich liebe Dich auch Eva, aber ich bin mir sicher, dass es noch einen anderen Menschen gibt, der dafür besser geeignet ist und den Du finden kannst."

"Du bist ein Moralist."

Erstaunt lachte Adam auf und blickte Ihr ins Gesicht.

"Nein das bin ich nicht, aber ich liebe Dich viel zu sehr, um Dich für mich behalten zu wollen. Bleibe für andere Kontakte offen, da gibt es noch etwas viel Besseres."

Eva drehte sich von ihm weg. Adam hatte den Eindruck, dass sie weinte, unterdrückte jedoch das

Bedürfnis sie zu trösten. Sie musste diese Sehnsucht spüren und für einen jüngeren Mann bewahren. Adam war sich klar, dass ihre Beziehung eine besondere war, doch war er in einem Alter, in dem ein Abbauprozess schnell vorwärtsschreiten konnte. Er wollte sich Eva nicht in der Pflege seines siechen Körpers vorstellen und schon gar nicht als trauernde Witwe an seinem Grab.

"Endlich bist Du aufgewacht. Du musst sehr erschöpft gewesen sein, Du warst schwer zu wecken."

Adam mühte sich, die Orientierung zu gewinnen. Eva saß am Bett und hielt seine Hand. Sie hatte sich umgezogen, trug ein helles T-Shirt und schwarze Shorts.

"Bitte gib mir etwas Zeit, um aufzuwachen. Ich muss eingeschlafen sein."

Nach einem Blick auf die Uhr rief er erstaunt: "Was? Ist es schon so spät? Warum hast Du mich nicht früher geweckt?"

"Ich habe es versucht, aber Du warst von der Fahrt müde und hattest den Schlaf nötig. Ich habe inzwischen den Inhalt der Koffer weggeräumt, war im Dorf und erledigte den Einkauf, nachdem Du nicht zu wecken warst. Jetzt musst Du aber aufstehen, sollten wir noch vor dem Sonnenuntergang im Meer baden wollen."

Adam ging ins Badezimmer und weckte mit einigen Händen voll kaltem Wasser aus der Wasserleitung alle seine Sinne. Anschließend schlüpfte er in eine Bade-Short und ein frisches T-Shirt.

Vor wenigen Wochen hatte Thomas Hilpert, ein Kollege aus der Bank, Adam gefragt, ob er eine Woche im Juni, während der sein Ferienhaus auf einer kroatischen Insel noch nicht benützt wurde, dort wohnen wolle. Ein Gespräch mit Eva und die Urlaubsgenehmigung der Uni später, hatte er zugesagt. Thomas hatte nicht zu viel versprochen. Er besaß hier ein schönes Plätzchen Erde. Das Haus lag etwas außerhalb eines Dorfes auf einem

Abhang über der Bucht, mit dem Blick in Richtung des Sonnenuntergangs. Über der Hügelkuppe, nur wenige hundert Meter zu gehen, lag das Zentrum des Dorfes. Nur Minuten den Abhang auf der dem Dorf entgegengesetzten Seite hinab, lag eine Bucht mit einem Restaurant, einer Mole, die einen kleinen Hafen schützte und verstreut liegenden kleinen Fischerhäusern.

Am Badeabschnitt der Bucht, einem Sandstrand, nahmen sie Kontakt mit dem Meer auf. Das Wasser war in unmittelbarer Strandnähe angenehm warm. Nur als sie etwas weiter ins Meer hinaus schwammen, spürten sie eine Kälte, die ihren Ursprung in der größeren Meerestiefe, oder einer kalten Strömung hatte. Es blieb ihnen nur kurze Zeit für den ersten Aufenthalt am Strand. Während des Abtrocknens begann die Dämmerung. Es wurde schnell Nacht und ein kühler Wind setzte ein. Rasch zogen sie sich wieder die wenigen Kleidungsstücke an und machten sich auf den Weg zurück zum Haus. Als sie das kleine Restaurant passierten blieben sie stehen, um die Speisekarte zu studieren. Schnell war ihnen klar geworden, dass hier so manches Angebot aufschien, das einen Besuch rechtfertigen würde. Einige Tische der Terrasse standen unmittelbar am Meer und nicht alle waren mit Gästen besetzt. Es war Vorsaison und so mussten sie trotz ihres Entschlusses morgen hier zu essen, keine Reservierung vornehmen. Sie überlegten, schon heute die Fertigkeiten dieser Küche auszuprobieren, doch fühlten sie sich nicht entsprechend gekleidet, um der kühlen Temperaturen des Abends standhalten zu können. Um nach dem Umkleiden nochmals herunter zu kommen, dazu fühlten sie sich heute zu erschöpft. Als Eva den Inhalt ihres Einkaufs beschrieb war dann ohnehin klar, dass sie heute auch im Haus nicht darben mussten.

Jetzt hatten sie endlich dafür Zeit, das Haus zu erkunden. Ebenerdig befand sich eine große, mit Steinplatten belegte Terrasse, die auch zur Hälfte eine Seite des Hauses entlangführte. Das Grundstück hatte rund zweitausend Quadratmeter und verfügte über einen großen Pool mit eigener Beleuchtung. Im Haus lag ebenerdig eine große Wohnküche, mit offenem Kamin und einer Sitzecke. Daneben befand sich ein Vorratsraum. Im oberen Stock lagen Bad, WC und zwei Schlafzimmer, aus denen man auf eine Terrasse treten konnte, die auch einen Teil des ebenerdigen Areals überdachte. Auf dieser Terrasse standen ein Tisch und mehrere Sitzgelegenheiten. Der weite Blick auf das Meer, die Lichter der Boote und einer Siedlung auf der gegenüberliegenden Insel führte sie zur Entscheidung, hier oben zu essen, obwohl sie die Speisen und Getränke dafür herauftragen mussten.

"Während ich Dusche, kannst Du ja schon Teller und Gläser vorbereiten. Dann duschst Du, währenddessen koche ich eine schnelle Pasta. Ich habe vor dem Einkauf die Küche inspiziert und Fehlendes eingekauft. Für heute Abend reicht es."

"Willst Du wirklich noch kochen? Es war eine lange Fahrt. Ich kann durchaus mit kaltem Essen auskommen."

"Das ist keine besondere Herausforderung. Außerdem bist Du die ganze Strecke gefahren und hattest heute bisher die ganze Arbeit. Jetzt kann ich auch etwas tun."

Eva verschwand im Bad und Adam trug die Gläser, Teller und Untersetzer aus der Küche herauf. In den Schubladen hatte er auch Kerzen und zwei Öllampen gefunden, diese entzündet und das elektrische Licht im oberen Stock abgeschaltet. Als Eva in ein Badetuch gehüllt aus dem Bad kam, war sie von dieser romantischen Atmosphäre entzückt. Sie setzten sich, tranken ein Glas Wein und bewunderten die Aussicht. Schließlich wollte sich Eva wärmere Kleidung anziehen und forderte Adam auf inzwischen zu duschen.

Eva hatte innerhalb kurzer Zeit aus seltsam geformten Nudeln, Tomaten, Würfeln einer scharfen Wurst und frisch Kräutern eine appetitliche Speise gezaubert. Abschließend servierte sie noch regionalen Honigkuchen. Nachdem beide satt waren und ehe sie die Trägheit überwältigen konnte, trugen sie das gebrauchte Geschirr in die Küche. Bei der Rückkehr brachten sie zwei Liegen vom Pool mit hinauf. Diese stellten sie nebeneinander, füllten sich noch Wein in ihre Gläser und genossen einen, von irdischem Licht beinahe ungetrübten Blick auf einen Teil des Universums.

"Danke, dass Du mich mitgenommen hast."

"Ich bedanke mich bei Dir, dass Du mich begleitest. Ohne Dich wäre es hier nicht so schön."

Eva griff nach seiner Hand und küsste sie. Adam ließ sie lange an ihrer Wange liegen. Kurz knatterte ein Boot in die Bucht, dann hörte man nur noch die Zikaden.

"Adam."

Eine Stimme flüsterte in sein Ohr, ehe er einen Kuss auf seiner Wange spürte.

"Adam."

Er blinzelte und erkannte erst ganz langsam, wo er sich befand und wer ihm über die Wange strich. Eva lächelte ganz nah.

"Du warst eingeschlafen und hast schon einen Teil der letzten Bäume der Insel umgesägt. Du solltest ins Bett gehen."

Adam setzte sich auf und rieb sich verschlafen die Augen.

"Das ist wahrscheinlich besser, Du hast recht."

Und nach kurzer Zeit:

"Kommst Du mit?"

"Ich komme etwas später nach. Ich möchte noch eine Weile die Sternbilder betrachten. So viele von ihnen habe ich zu Hause noch nie gesehen."

Am nächsten Morgen erwachte Adam, und der Platz an seiner Seite war leer. Er war erkennbar benützt worden und er erinnerte sich, dass er während der Nacht, im Halbschlaf, die Wärme von Evas Körper gespürt hatte. Im Bademantel ging er die Treppe hinunter und trat ins Freie. Eva lag nackt am Pool. Adam sah sich erschrocken um.

"Kann man da so …?"

Eva sah ihn amüsiert an.

"Guten Morgen mein Lieber. Ja, man kann. Ich habe die Situation geprüft. Der gesamte Garten ist durch Büsche und Bäume vor Blicken von außen geschützt. Selbst das Eingangstor ist so angelegt, dass man von dort nicht auf das Gelände sehen kann."

Adam setzte sich zu ihr und küsste sie.

"Guten Morgen. Entschuldige bitte, ich war erst etwas irritiert, aber wenn Du das geprüft hast, bietest Du natürlich einen schönen Anblick. Du machst Dich gut als Ölsardine."

Eva sprang auf und warf Adam auf den Rücken. Sie öffnete seinen Bademantel, setzte sich auf ihn und schnappte mit einer Hand nach dem Sonnenöl. Sie begann ihn mit einer großen Portion davon zu begießen und verteilte sie.

"Ich werde Dir die Ölsardine geben," rief sie, scheinbar empört.

"Warte, ich ziehe den Bademantel aus, der ist unschuldig und muss ja nichts abkriegen."

Eva nahm jetzt beide Hände, um Adams Körper mit der Lotion zu bedecken. Ihre Bewegungen näherten sich langsam und kontinuierlich seiner Körpermitte, was Reaktionen hervorrief, die nicht unbemerkt blieben.

"Da hat ja noch jemand eine Freude an meinem Tun."

Sie nahm eine Portion des Sonnenöls und griff nach seinem erregten Geschlecht. Er hielt ihre Hand fest.

"Nein, nicht vor dem Frühstück. Das mache ich selbst."

"Schade," bemerkte Eva, "das ließe sich aber schon vereinbaren."

"Wie spät ist es?"

"Beinahe Zehn Uhr."

"Dann müssen wir jetzt ohnehin weitermachen. Um elf Uhr kommen die Hausbesorger, um mit uns ihre Arbeitszeiten abzusprechen. Sie kümmern sich um Garten und Pool, weshalb wir nichts machen müssen. Doch sollen wir uns anziehen und ich möchte mit dem Frühstück fertig sein, ehe sie kommen."

"Schade. Gerade begann der Morgen interessant zu werden."

Eva stupste nochmals mit ihrem Ellenbogen an Adams Erektion und begab sich dann ins Haus.

Das Gespräch mit dem einheimischen Ehepaar, das sich in Hilperts Abwesenheit ums Haus kümmerte, war kurz und unkompliziert. Sie würden Dienstag und Donnerstag kommen und nie länger als zwei Stunden bleiben. So wie heute, um elf Uhr, war ihre Frage und Adam stimmte zu. Zur Endreinigung am Samstag, die auch des Hauses innen betraf, würden sie nicht mehr hier sein. Das war der Tag ihrer Rückreise. So müssten sie nicht einmal den Anschein erwecken, sie würden in getrennten Zimmern schlafen. Sie wussten um ihre Wirkung als Tochter und Vater. Die beiden Hausbesorger hinterließen eine Telefonnummer, welche die Besucher, bei welchem Problem auch immer, jederzeit anrufen konnten. Ansonsten würden sich die Helfer an die vereinbarten Zeiten halten und nicht weiter stören. Sie fragten, ob sie gleich im Anschluss die Arbeiten erledigen könnten und Adam, mit dem sie das Gespräch geführt hatten, stimmte zu. Die Beiden hatten ohnehin vor, an den Strand zu gehen. Die Sachen dafür waren schnell gepackt.

Der Platz, an dem sie gestern Schwimmen waren, war überfüllt. Es war Sonntag und Familien mit vielen Kindern hat den schmalen Strand und die Betonplattformen besetzt, die hier zwischen die Felsen gegossen waren, um ebene Flächen zu schaffen. Sie beschlossen dem Weg zu folgen, auf dem sie gekommen waren und der sich hinter dem Badegelände fortsetzte. Er führte sie zu weiteren Buchten, diesmal ohne Plattformen und je mehr sie sich vom Dorf entfernten, desto weniger Menschen belegten die seltener werdenden Plätze, auf denen man liegen konnte. Schließlich fanden sie eine kleine Bucht mit schmalem Sandstrand, den sie ganz allein für sich benützen konnten. Eva zog ihren Bikini gar nicht an und Adam legte seine Badehose nach dem ersten Aufenthalt im Wasser auf einen Stein zum Trocknen und zog sie nicht mehr an. Sorgsam verwendeten sie ihr Sonnenschutzmittel, wobei Adam darauf achtete, seine Aufgabe, Eva einzuschmieren nur an den Stellen auszuführen, die sie tatsächlich nicht selbst erreichen konnte. Eva hingegen musste daran gehindert werden, bei Adam diese Zonen zu verlassen.

Später lag Adam auf dem Bauch und las, während Eva ihm über den Rücken strich.

"Adam, wann willst Du endlich mit mir schlafen?"

Adam blickte nicht aus seinem Buch auf und bemerkte: "Das ist keine Frage des Wollens."

Eva unwirsch: "Jetzt hör endlich damit auf, mich zu ärgern. Ich meine es ernst."

Jetzt klappte Adam sein Buch zu, stand auf und nahm Eva bei der Hand.

"Wir gehen jetzt ins Wasser, deshalb sind wir hier und das kühlt ab."

Eva wollte noch antworten, aber er zog an ihrer Hand und kurze Zeit später rang sie nach Atem, nachdem ihr Kopf von Adam unter die Wasseroberfläche getaucht worden war.

Mitte des Nachmittags lag die Terrasse ganz im Schatten der umstehenden Bäume. Sie war auf einer Seite mit einer Gruppe violett blühender Bougainvilleen begrenzt, während über das Grundstück große Tontöpfe mit Azaleen und Hibiskuspflanzen standen. Sogar ein alter Olivenbaum stand zwischen den vielen bunt blühenden Pflanzen. Der Garten bedurfte, um in diesem Zustand zu sein, intensiver Pflege und die war offensichtlich aufmerksam geschehen.

Nach einer mittäglichen Siesta und vor einem weiteren Besuch am Meer, bereiteten sie sich eine Mahlzeit mit frischem Brot, Schinken, Käse und Oliven. Früchte fanden sich während des ganzen Tages in einer Schüssel am Tisch und zum Pecorino gab es Birnen. Eine Flasche Rotwein stand daneben, aus der sie sich ein Glas einschenkten.

"Versuche einmal, dieses Olivenöl auf dem frischen Brot. Ich habe heute am Morgen beim Einkauf eines entdeckt, das schmeckt vorzüglich."

Eva folgte dem Vorschlag und nickte nach dem ersten Bissen zustimmend. Beim Träufeln des Öls auf das Brot stahl sich ein Tropfen neben das Brot und fiel grünlich glänzend, von Eva unbemerkt, auf ihren Nabel und glänzte. Allmählich begann die Schwerkraft neuerlich zu wirken. Adams Blicke begleiteten ihn, während er sich abwärts bewegte und sich letztlich zwischen ihren Schenkeln verlor. Als er seine Augen abwandte und wieder zu Eva hinsah, begegnet er ihrem spöttischen Blick und ihrem Zeigefinger, der auf seine Körpermitte gerichtet war.

"Was ist das?"

Jetzt erst bemerkte Adam seine Erregung.

"Oh, tut mir leid."

Sofort korrigierte er sich lächelnd.

"Nein, so ein Blödsinn, es tut mir nicht leid. Meine Augen sind dem Tropfen Olivenöl gefolgt, der sich in einer Spur Deinen Körper hinab, zwischen Deinen Beinen verlor. Die Folgen meiner Betrachtungen bemerkte ich nicht."

Eva sah ihren Körper entlang und erkannte die grüne Spur. Sie nahm eine der bereitliegenden Servietten und entfernte den schmalen Ölfilm.

"Zum Abkühlen Deiner Sinne können wir uns erst Ankleiden und dann im Meer schwimmen gehen, oder besser, wir bleiben in diesem paradiesischen Zustand und begeben uns ins Schlafzimmer," schlug Eva vor.

"Ich empfehle erst fertigessen und anschließend ins Meer."

"Schade," lautete Evas enttäuschte Antwort, "aber irgendwann kriege ich Dich dazu, das schwöre ich Dir."

"Nimm' Dir lieber nicht zu viel vor."

Eva nahm einen Schluck vom Wein und ihre Augen wandten sich wieder Adams Körper zu.

"So ein steifer Schwanz ist ein schöner Anblick."

Adam korrigierte: "Du meinst einen erigierten Penis."

Eva beharrt auf ihrer Wortwahl.

"Nein Adam. Das ist ein schöner, starker Schwanz in all seiner Pracht."

Nach kurzem Zögern fragte sie: "Darf ich ihn anfassen?"

"Ja, aber nur kurz und nur greifen."

Sie tastete und hielt ihn kurz in ihrer geschlossenen Hand, ehe Adam ihren Griff wieder löste und die Finger entfernt.

"Im Ruhezustand ist das ja, wie bei Euch Männern üblich, ein mickriges Würstchen. Das Ding macht nicht viel her und ist in keiner Weise mit der Schönheit einer Möse vergleichbar."

"Vagina, oder Vulva," entgegnete Adam, inzwischen amüsiert lächelnd.

"Nein, ich bleibe bei meinem Wort. Sobald Du das Wort Möse aussprichst, bist Du sogleich bei einer ihrer wichtigsten Aufgaben, sich für einen steifen Schwanz zu öffnen, in Deiner Sprache vielleicht, um James zu empfangen, oder ihn bei sich aufzunehmen."

Sie öffnete ihre Schenkel weit und gab den Blick auf ihr Geschlecht frei. Sie setzte fort: "Sieh sie Dir an. Sie ist immer schön, sie ist beständig und zeitlos. Sie harmoniert mit dem restlichen Körper und setzt dessen weiche Linien fort. Außerdem ist sie, ganz im Gegensatz zu Deinem Teil, zur ausdauernden Liebe und Lust fähig."

Adam hatte sich zurückgelehnt. Nachdem er schwieg, schloss sie wieder ihre Beine und setzte fort: "Natürlich macht es Eindruck, wenn sich so ein Gegenstand, der im Alltag die Existenz eines Wurmes führt, in der Feierlaune seiner Erregung aufrichtet und zu einer imposanten Erscheinung heranwächst. Das war womöglich einer der Gründe für die immer noch andauernde Vorherrschaft von Euch Männern, dass ihr so imposant sein könnt. Doch dieser Zustand hält nicht lange an. So habt ihr Euch dann länger haltbare Symbole geschaffen wie Zauberstäbe und Zepter. So ein Zepter ist ja wirklich das Abbild eines steifen Schwanzes, was ja dann besonders absurd wird, wenn das Zepter der englischen Königin im Parlament liegt, um eine Mächtigkeit zu repräsentieren, die sie im heimischen Bett nie hatte."

Eva begann laut zu lachen und trank aus ihrem Weinglas. Auch Adam schmunzelte, als er anmerkte: "Das mediterrane Klima hat schon seit Jahrtausenden die Ideen großer Geister beflügelt. Es regt auch Deine philosophische Ader an. Mit diesen inspirierten Überlegungen reihst Du Dich in die Reihe der hier erblühten Philosophie ein. Deine Gedanken regen mein Bewegungsbedürfnis an," und nach einem Blick auf seine Körpermitte, "jetzt passe ich auch wieder in meine Badehose. Wollen wir Schwimmen gehen?"

Eva kam nach dem Schwimmen allein aus dem Wasser. Adam war beim Lesen seines Kriminalromans geblieben, der sich in großer Spannung dem Schlusspunkt näherte. Erschrocken zuckte er zusammen, als sie sich nass und kalt auf seinen Rücken legte. Leicht verärgert schloss er sein Buch, legte es zur Seite und setzte sich auf. Er erwartete einen Kuss, als er seinen Kopf zur Seite drehte. Sie flüsterte ihm jedoch verschwörerisch ins Ohr: "Nur zwei Buchten weiter hat ein Paar viel Spaß miteinander. Sie bumsen ganz heftig."

Adam hob seinen Kopf, blickte in die angegebene Richtung und sah nur Gestein.

Eva drängte: "Draußen auf dem Wasser hat man freiere Sicht. Komm' mit, dann zeige ich's Dir."

Adam antwortete mürrisch: "Ich weiß, wie das geht."

Eva blieb aufgeregt: "Dort ist es sicher so wie hier. Man kann durch die unregelmäßig gewachsenen Bäume sogar vom Weg aus direkt hinsehen. Die haben gar keine Hemmungen."

Er schwieg.

Eva richtete sich immer wieder auf. Wenig später sagte sie: "Schau, jetzt kannst Du auch von hier zusehen.

Sie haben die Stellung gewechselt und sie wippt mit ihrem Oberkörper auf und ab."

Jetzt blickte auch Adam hinüber und sah eine Frau mittleren Alters, die, so konnte man annehmen, ihren Partner ritt. Ihre großen Brüste bewegten sich nur im Takt der Bewegungen. Die ist für ihr Alter ganz gut beisammen, dachte er und wendete sich wieder ab.

"Du wirst mir zu schwer. Ich bekomme keine Luft mehr."

In einer der folgenden Nächte erwachte Adam Klein durch regelmäßige Bewegung an seiner Seite. Langsam begann er zu erkennen, was Eva neben ihm machte. Er spürte den Wunsch, sich umzudrehen und sie in den Arm zu nehmen, doch besann er sich. Er selbst hätte kein Problem damit, wenn sie in seinen Armen mit dem fortführe, was sie tat. Doch musste er davon ausgehen, dass er Eva stören, ihre Suche nach Erleichterung verhindern würde. Er wartete und als ihre Atmung erst immer heftiger und dann nach einem Seufzen wieder ruhiger geworden war, drehte er sich zu ihr, imitierte einen Schlafenden und legte einen Arm um sie.

"Verdammt," rief sie aus, "warst Du die ganze Zeit wach?"

Adams Versuch, sich weiterhin schlafend zu stellen war vergeblich. Eva rüttelte ihn und bemerkte wütend: "Was denkst Du Dir dabei, mich heimlich zu belauschen."

"Was hätte ich tun sollen. Deine Bewegungen haben mich geweckt. Ich wusste nicht, was ich tun sollte und habe mich fürs Weiterschlafen entschieden."

Eva, die sich abgewandt hatte, drehte sich zu ihm und schlug mit ihren Fäusten auf ihn ein.

"Du hättest Dich bemerkbar machen können."

Und nach einer Weile.

"Ich schäme mich so."

"Eva, Du musst Dich nicht schämen."

Ihrer Stimme nach war sie den Tränen nahe.

"Das kannst Du nicht bestimmen, ob ich mich schäme."

Beide schwiegen, während Adam versuchte ihre Hand zu nehmen, die sie ihm wiederholt entzog.

"Wenn Du mit mir vögeln würdest, dann wäre das nicht passiert."

"Es ist doch nichts passiert. Du hast Dir angenehme Gefühle verschafft. Es war Dir danach. Wir sind erwachsene Menschen. Was ist da das Problem? Ich habe keines damit."

Eva gab nach und nahm Adams Hand.

"Natürlich kann man miteinander vögeln, einfach so zum Zeitvertreib," sagte er.

"Ha, jetzt hast Du selbst auch ein hässliches Wort verwendet."

"Für mich ist Vögeln, im Gegensatz zu Ficken, wie Du es früher verwendet hast, kein hässliches Wort. Aber bitte, wenn Dich das stört, versuche ich meine Gedanken anders auszudrücken. Manche Menschen wollen ein Kind zeugen. Die treiben es aus diesem Grund an bestimmten Tagen besonders oft miteinander, auch wenn sie gar kein Begehren verspüren. Die müssen darauf achten, dass ihnen dadurch nicht die Lust aufeinander vergeht, obwohl für ebendieses Zeugen von Nachwuchs ursprünglich die Sexualität erfunden wurde. Das ist dann auch eine Art von Gebrauchssex. Das andere hast Du auch schon erlebt, dass Menschen Sex miteinander haben, weil sich die Gelegenheit dazu ergibt und weil man Lust darauf hat. Das verurteile ich überhaupt nicht. Dabei soll es aber nicht bleiben.

Du bist in einem Lebensalter, in dem Du möglichst hohe Ansprüche an das Leben haben sollst und versuchen kannst, diesen hohen Zielen möglichst nahe zu kommen. Beende diese Suche nicht zu früh. Suche den Menschen, der Dich, Deinen Körper und Deine Persönlichkeit oder auch Seele erweitert, mit dem Du in diesen Bereichen eines anderen Menschen harmonierst und Dich ergänzt. Übereinstimmen kann meiner Meinung nach nicht das Ziel sein, das stelle ich mir langweilig vor. Ich hoffe, dass das, was ich soeben gesagt habe, nicht zu idealistisch klingt, aber Du wirst es spüren, wenn Du im Suchen dem nahe kommst. Du bist dazu in der Lage, davon bin ich überzeugt."

Eva nahm Adam in ihre Arme.

"Hattest Du das gefunden? War Deine Ehe so eine Nähe?"

Adam blickte auf den Schatten den ein Baum, der sich vor dem Fenster befand, auf den Vorhang warf.

"Ja, weitgehend schon, doch musste auch ich danach suchen und darauf warten. In meiner Jugend hatte sich die starre Nachkriegsmoral in sexuellen Dingen, zumindest unter den Jugendlichen, einschneidend gelockert und ich war, wie die meisten jungen Menschen, diesbezüglich ausgiebig und locker unterwegs. Mit der Zeit merkte ich, dass mir etwas fehlte und ich verordnete mir eine einjährige sexuelle Abstinenz. Dieses Jahr gelang mir nicht ganz, weil ich gegen Ende dieser Zeit meine

162

spätere Frau kennenlernte. Der Weg dorthin wird wohl bei jedem Menschen anders verlaufen. Ich werbe da um kein Rezept, wie 'die heilsame Abstinenz' oder ähnliches. Da muss wohl jeder seinen eigenen Weg gehen."

"Und wie ist das dann mit der Spannung, die entsteht? Mit dem Trieb? Der soll ja bei Männern noch intensiver sein, wie bei Frauen. Warst Du in dieser Zeit nicht," Eva zögerte, " … ich weiß nicht … aggressiv, oder angespannt?"

"Ich kann meine Gefühle nicht mit jemandem anderem vergleichen, schon gar nicht kann ich wie eine Frau fühlen, aber mit der Zeit gewöhnte ich mich daran, und der Trieb auch, zumindest bis Du kamst."

"Selbst hast Du nichts gemacht?"

Adam begann sich unruhig zu bewegen.

"Jetzt wird es aber schon sehr intim."

"Ja, das sind wir."

Nach einer Pause, in der Eva schweigend wartete:

"Ja, manchmal war das nötig, aber eine Verschwendung, die Gefühle gingen ins Leere."

Am nächsten Morgen lag eine begehrenswerte junge Frau an seiner Seite, deren Körper im dämmernden Licht immer deutlicher zu erkennen war. Keine helle Stelle fand sich auf ihrer Haut. Sie war inzwischen überall gebräunt. In Adam erwachte ein fiebriges Begehren und ihr Anblick versetzte ihn in hitzige Glut, doch wollte er seinem Vorsatz treu bleiben. Gegen die Gefühle konnte er sich nicht wehren und hätte dies wohl auch nicht gewollt. Diese Spannung gehörte zu ihrer Beziehung und er erfreute sich an seiner Erregbarkeit. Er durfte dieser attraktiven Frau so nahe sein, wie kein anderer. Das war aufregend und bereicherte sein Leben. Ihr die Vielfalt des Lebens zugänglich zu machen, das ja, und dazu gehörte auch, die Leidenschaft zu spüren und die Vielfalt des Körpers zu erleben. Aber nicht sein Begehren und seine Befriedigung stand im Vordergrund. Er wollte Eva auf keinen Fall Schaden, ihre Seele auf eine Weise verletzen, die sie in ihrem weiteren Leben belasten würde. Er muss seine eigene Befriedigung hintanstellen.

Ohne sie zu wecken verließ er das Bett. Im Zubereiten des Frühstücks mildert sich seine Wollust.

Eva war nicht enttäuscht, was sie überraschte. Sie konnte Adam die Zeit geben, die er noch brauchte, ehe er sich ganz auf sie einlassen konnte. Sie war sich sicher, ihn davon überzeugen zu können, dass dies ihr gemeinsamer Weg war. In ihrem Leben war ihr schon klar geworden, dass es eine unglaublich große Zahl an Möglichkeiten gab, wie zwei Menschen einander lieben konnten. Sie hatte den Eindruck gewonnen, dass sich jedes Paar seine eigene Liebesbeziehung jeweils neu entwickeln musste. Doch war sie nicht sehr geduldig. Sie wollte endlich wissen wie das wäre, mit Adam aufs Ganze zu gehen. Ehe sie die Insel verließen, musste es geschehen sein. Wann soll es denn sein, wenn nicht jetzt, in dieser paradiesischen Situation voller Erregungen und Gelegenheiten? Sie überlegte Möglichkeiten Adam dorthin zu bekommen, wo sie ihn haben wollte. Ihr war aufgefallen, dass sie beide hier im Urlaub gerne mehr Alkohol tranken, als dies zu Hause der Fall war. Eva beschloss, die Wirkung des Alkohols zu Hilfe zu nehmen und seine Grundsätze ins Wanken zu bringen. Ihre bisher angewandten Verführungskünste waren dafür nicht ausreichend gewesen.

Am folgenden Abend saßen sie wieder in dem kleinen Restaurant an der nahe gelegenen Bucht. Seit dem zweiten Besuch wies ihnen der aufmerksame Kellner denselben Tisch zu, an einem Mauervorsprung, direkt am Meer. In diesem Lokal herrschte eine gemütliche Gelassenheit. Hier durfte ein Essen auch einen ganzen Abend lang dauern. In der zeitlichen Abfolge der verschiedenen Gänge wurden lange Pausen eingehalten und der Zeitpunkt der jeweils nächsten Speise eigens abgesprochen.

In der Abenddämmerung kehrten die Boote in den Hafen zurück. Solange es noch ausreichend hell war, tauchte ein Kormoranpärchen nach seiner Abendmahlzeit. Sie verschwanden jedoch mit Hereinbrechen der Dunkelheit. Das Licht der Tischbeleuchtungen spiegelte sich im klaren Wasser und Fischschwärme tummelten sich im ausgeleuchteten Bereich. Die kleinen Fische wurden immer wieder von räubernden Artgenossen aufgescheucht, die pfeilschnell aus dem Dunkel auftauchten, nach ihnen schnappten, ehe sie ebenso schnell wieder in der Finsternis verschwanden. Langsam stiegen glitzernde Schuppen an die Wasseroberfläche.

Sie beschlossen, dem Vorschlag des Kellners zu folgen und eine Fischplatte zu bestellen, die heute besonders frisch sei, nur mit dem Fang des Tages bestückt. Während sie einen mit Wasser verdünnten Anisschnaps tranken und von einem kleinen Vorspeiseteller Schinken und saure Sardinen naschten, wählten sie für den ersten Gang Scampi im Bierteig. Nur eine Portion für beide, darauf bestand Eva, dafür zwei Mal gemischten Salat, Wasser und Weißwein. Für den Fisch wollten sie gemeinsam eine Portion gegrilltes Gemüse als Beilage.

Andere Gäste kamen und besetzten einige der Tische. Ein deutsches Ehepaar, das sie schon einmal im Dorf gesehen hatten, sprach sie an und man tauschte Freundlichkeiten aus. Dann blieben sie wieder allein. Schneller als üblich war die erste Flasche gelehrt. Adam wurde auf ihrer beider Trinkverhalten aufmerksam und merkte schnell, dass Eva ihn mehrmals mit erhobenem Glas zum Trinken aufforderte und immer wieder sein, nur zum Teil geleerte Glas auffüllte, während sie bei der Gelegenheit oftmals wenig Wein mit viel Wasser in ihr eigenes Glas einschenkte. Adam dämmerte Evas Absicht, ihn trunken zu machen, und er drehte den Spieß um. Das viele Wasser verursachte bei Eva verstärkten Harndrang und Adam nützte ihre wiederholte Abwesenheit um seinerseits ihr Glas mit dem wässrigen Wein, mit seinem unverdünnt eingeschenkten Glas zu tauschen. Gegen Ende sowohl der zweiten Flasche als auch der Fischplatte wurde Evas Zunge schwerer und Adam verfolgte amüsiert ihre Versuche, dies zu verbergen. Schließlich hatte Adam Mitleid mit ihr und stellte die Versorgung wieder auf Wasser um. Anstatt eines Nachtisches bestellten sie Kaffee. Der abschließende Gruß des Hauses bestand in einer ordentlichen Portion Slivovic und Eva bestand darauf diese zur Gänze auszutrinken. Das gab ihr den Rest und Adam die Verantwortung Eva verletzungsfrei nach Hause zu bringen, obwohl auch er sich nur noch mühsam vorwärtsbewegen konnte.

Im Schlafzimmer befreite er sie nur von den unbequemsten Kleidungsstücken, legte sie ins Bett, woraufhin sie mit unverständlichem Murmeln in den Schlaf sank. Adam war zu aufgekratzt, um sich ebenfalls schlafen legen zu können. Er stellte Eva eine Schüssel bereit, falls ihr unwohl würde, ließ im Badezimmer das Licht brennen, um ihr bei Bedarf die Orientierung zu ermöglichen, und setzte sich mit einer Flasche Mineralwasser auf die Terrasse. Schlechtes Gewissen drückte seine aufgeräumte Stimmung nur wenig. Eva war völlig ungesichert in seine Abwehr geraten. Sie war selbst daran schuld, sie hatte damit begonnen, ihn betrunken zu machen und damit, als er dies erkannte, seine Antwort darauf provoziert. Spätesten beim Schnaps hätte er jedoch eingreifen müssen und verhindern, dass sie den noch zusätzlich trank. Es hatte ihm Spaß gemacht, sie in ihre eigene Falle zu locken, doch hatte der Spaß zu lange gedauert. Als mildernden Umstand konnte er zumindest anführen, dass auch er unter dem Einfluss des vielen Alkohols zu leiden hatte.

Für einen Umstand jedoch konnte er sich keine mildernden Umstände mehr einräumen, er musste dringend mit Eva darüber reden, was ihm in diesen Tagen klar geworden war. Er würde niemals für Eva der Mann werden, den sie sich von ihm so sehr wünschte. Es war kein Augenblick der Erkenntnis gewesen, sondern eher ein Einsickern der Einsicht, dass er mit Eva kein Paar werden konnte. Niemals würde er den Eindruck verlieren können, dass er sich von ihr etwas holte, das ihm nicht zustand. Sie konnten nur eine sehr belastete und einander belastende Verbindung eingehen. Morgen musste er mit ihr das Gespräch darüber führen, alles andere wäre unfair und gemein.

Während der Nacht wurde er einmal wach, als Eva das WC aufsuchte, doch die übrige Zeit verlief störungsfrei. Am späten Vormittag erwachte Adam und ein Blick auf das Gefäß für den Notfall machte keine weiteren Maßnahmen nötig. Er bereitete sich eine Tasse mit Tee, ein paar Schnitten altbackenes Brot, etwas vom Karstschinken und setzte sich in den schattigen Bereich des Gartens. Er überlegte die Wortwahl für die Einleitung des anstehenden Gesprächs und lauschte wiederholt zum Haus hin, doch war kein Geräusch zu hören. Zu Mittag begann er sich Sorgen zu machen und schlich sich ins Schlafzimmer. Dort lag eine lächelnde Eva. Sie atmete tief und regelmäßig.

Er holte sein Buch und ging mit einer Flasche Wasser in den Garten. Die Liege befand sich inzwischen in der Sonne und musste in den Schatten gestellt werden. Lange Zeit las Adam in seinem Buch ehe er meinte, aus dem Haus Geräusche und die Toilettenspülung zu hören. Dann war es eine Weile still, ehe er das rauschende Wasser der Dusche hörte. Schließlich kam Eva, in ein Badetuch gehüllt aus dem Haus. Argwöhnisch blinzelte sie in die Welt und setzte sich an den Rand von Adams Liege.

"Was hast Du gestern mit mir gemacht? Ich bin kaputt. Mein Kopf zerspringt."

"Ich habe Dich nur nach Hause gebracht. Das übrige warst Du selbst. Du hast mehr getrunken, als Dir guttat."

"Du warst so gemein und hast mich absichtlich betrunken gemacht. Gestehe!"

"Da ist Dir eher Deine eigene Strategie entglitten, mich in diesen Zustand zu versetzen. Ich hatte den Eindruck, dass Du diese Absicht hattest. "

"Gib es zu, Du hast es bemerkt und mich dann reingelegt und ich dummes Huhn habe es nicht bemerkt."

"Ja, ein bisschen war es schon so, aber Du wolltest noch unbedingt den Schnaps austrinken. Daran bist nur Du selbst schuld."

Nach einer Zeit des Schweigens: "Soll ich Dir ein Frühstück zubereiten?"

"Oh Gott, nein. Mir ist jetzt schon schlecht."

"Aber ein Kaffee wird Dir guttun."

"Bitte gerne, aber schön stark."

Als Adam mit zwei großen Tassen Kaffee zurückkehrte hatte sich Eva eine Liege in den Halbschatten gestellt, lag auf dem Bauch und hatte die Augen geschlossen. Sie setzte sich auf und beide tranken wortlos ihren Kaffee. Jeder hing seinen Gedanken nach. Eva fasste den Vorsatz, nie wieder so viel Alkohol zu trinken, während sich Adam dazu entschloss heute kein ernstes Gespräch über ihre Beziehung zu führen.

"Eva, Du holst Dir noch einen Sonnenbrand, wenn Du hier ungeschützt liegst. Du musst Dich einschmieren."

"Ich kann nicht," jammerte sie, "ich bin viel zu erledigt."

Adam erhob sich, holte die Sonnenmilch, während sich Eva auf den Bauch legte. Er begann Evas Rücken zu bearbeiten.

"Oh tut das gut," war von Eva zu hören. "Du kannst ruhig etwas fester drücken. Diese Massage hat meine Kopfschmerzen beinahe vertrieben."

Adam begann ihre Muskeln systematisch zu kneten. Er arbeitete sich den Rücken hinab und begann anschließend, das Zentrum meidend, sich von den Knöcheln beginnend, ihre Beine entlang zu ihrer Körpermitte hinaufzuarbeiten. An der Innenseite ihrer Oberschenkel wurde die Haut zunehmend wärmer und Eva immer unruhiger. Schließlich war er dem Zentrum so nahegekommen, dass seine Hand kurz ihr Geschlecht berührte, ehe er erschrocken zurückzuckte. Nicht weit, jedoch weit genug, um dem Kontakt zu entkommen. Adam fand sich in einem Durcheinander widersprüchlicher Gedanken wieder.

'Das geht ja gar nicht', dachte er, 'jetzt, wo ich mir über die Grenzen unserer Beziehung klar geworden bin und nur noch kein Wort mit Eva darüber gesprochen habe. Andererseits geht es ihr heute so schlecht, weil ich gestern nicht ganz fair gewesen war. Darf ich ihr entgegenkommen, nur ein kleines Stück?'

Eva musste nicht so lange nachdenken. Sie brachte ihren Körper mit einem Ruck dorthin, wo sie ihn haben wollte und seine Hand lag wieder dort, wo sie seiner Meinung nach nicht liegen durfte. 'Oder doch? Ausnahmsweise?', fragte er sich. Indessen nahm Evas Becken regelmäßige Bewegungen auf und Adam flüchtete nicht. 'Gut. Einmal. Alles andere wäre jetzt unnötig grausam gewesen.'

Allmählich blieben seine Gedanken aus und er konnte an Evas Lust Freude finden. Tief ging ihr Atem und gelegentlich entschlüpfte ihrem Mund ein wohliger Laut. Schließlich steigerte sich die Frequenz der Bewegungen und nach einem Seufzen wurden sie langsamer, ehe sie endeten. Sie lockerte den Druck ihrer Schenkel und entließ Adams Hand. Er schob Eva etwas zur Seite und legte sich zu ihr. Sie umschlang seinen Oberkörper und küsste ihn lange und intensiv.

"Das war sehr schön."

Ehe Adam jetzt eine Bemerkung machte wie, "immer gerne" oder "bald einmal wieder", klügere Worte wollten ihm nicht einfallen, blieb er still und genoss die Wärme von Evas Körper. Lange lagen sie so und es war schon spät am Nachmittag, als Adam aktiv wurde und anregte ans Meer zu gehen.

Am Abend lagen sie im Bett und nur wenig Licht fand durch die offenen Fenster ins Schlafzimmer.

Eva wandte sich an Adam: "Danke für das schöne Geschenk, das Du mir heute gemacht hast."

Als Adam schwieg, setzte sie fort.

"Jetzt ist es nur noch ein kleiner Schritt. Wann werden wir ein echtes Paar sein, so richtig Mann und Frau? Meine Sehnsucht danach ist so groß, Dich endlich in mir zu spüren, mich ganz mit Dir zu vereinigen."

"Nein Eva, es wäre ein großer Schritt und ich weiß es inzwischen ganz sicher, dass wir diesen Weg nicht gemeinsam gehen werden. Wenn wir 'Es' miteinander tun, dann wäre es mehr, als 'Es' tun. Mit unserem Vertrauen zueinander, unserer fürsorglichen und zärtlichen Liebe würden wir ein Band binden, dass Dich nie, oder zumindest lange nicht mehr entlässt. Das will ich nicht. Ich liebe Dich als freier Mensch und will Dich nicht fesseln. Finde einen jungen Mann, der diesen Schritt verdient."

Adam blickte auf die Bäume vor dem Fenster, als er weitersprach.

"Dich auf diese Weise zu lieben, wie Du es Dir wünscht soll einem besonderen Menschen Deiner Generation vorbehalten sein. Ich will mich nicht gehen lassen, mich nicht von meinen Gefühlen mitreißen lassen und

Deinen Wunsch missbrauchen. Ich will Dich nicht un-
glücklich machen, sondern glücklich sehen. Ich liebe
Dich, aber nur bis zu dieser Grenze. Ich will Dich nicht
als meine Geliebte, ich kann Dich nicht als meine Frau
sehen. Auch Freundin ist keine geeignete Bezeichnung.
Ich kenne keinen Begriff dafür, was Du für mich bist,
meine geliebte, jugendliche Freundin, meine begehrte
jugendliche Beinahe-Geliebte."

Nach einer Pause, in der Adam spürte, wie Evas Körper immer steifer wurde, setzte er fort.

"Das klingt jetzt aber wirklich blöd. Du bist meine
schöne, attraktive, erregende und, was weiß ich sonst
noch alles, Begleiterin, die ich mit ganzem Herzen liebe.
Dich will ich nicht als meine Geliebte, ich wiederhole
mich, nicht als meine Partnerin und schon gar nicht als
die trauernde Witwe an meinem Grab. Ich bin ein alter
Mann und Du wirst mich überleben. Das tue ich Dir
nicht an. Bitte weine nicht. Sei nicht traurig darüber.
Denke lieber daran, was Du nicht erlebt und erfahren
hättest, wenn wir uns nicht begegnet wären. Für das andere trennen uns zu viele Jahre."

Eva wandte sich ab. Sie kämpfte vergeblich dagegen
an. Sie weinte. Adam wartete schweigend. Nach einer
Weile drehte sie sich wieder zu ihm, legte den Arm um
ihn und den Kopf an seine Brust.

"Ich kann nichts Neues vorbringen und weiß, dass
Deine Ansicht irgendwie richtig ist und es vernünftiger
wäre, sich an dem zu erfreuen, was wir haben und nicht
ständig nach dem zu verlangen, was Du mir und uns
nicht geben willst. Ich fühlte mich noch nie einem Menschen so nahe, wie ich Dir bin. Wenn Du mir sagst, ich
soll den nächsten Schritt mit einem anderen Mann,

einem jüngeren suchen, dann werde ich mich mit dem Gedanken ernsthaft beschäftigen, auch wenn es mir dabei das Herz zerreißen wird."

Eva begann wieder zu weinen. Adam küsste ihre Tränen und nahm sie in den Arm. Lange lagen sie so. Still, jeder mit seinen Gedanken beschäftigt. Eva atmete tief und regelmäßig, als sich Adam von ihr löste und sich mit einer Decke auf die Terrasse setzte. Er wartete auf die Morgendämmerung. Als es für ihn zu kalt wurde, fand auch Adam, auf seiner Seite des Bettes, ein paar Stunden Schlaf.

Nach ihrer Rückkehr von der Insel schien alles gleich geblieben zu sein. Eva freute sich, mit Adam nach der Arbeit zusammenzutreffen. Er war wie immer liebevoll, hilfsbereit und ein aufmerksamer, verständnisvoller Gesprächspartner. Doch war nichts mehr, wie zuvor. Er kochte weiterhin gerne für sie beide, aber sie fuhr anschließend nach Hause. Sie wollte es so und er fragte nicht nach dem Grund. Sie übernachtete nie wieder bei ihm. Es war ihr so lieber. Sie diskutierten über gemeinsam gelesene Bücher und kuschelten dabei auf der Couch, doch die Küsse, die sie austauschten, waren nur freundschaftlich. Seine Besuche im Botanischen Garten fanden seltener statt. Alles war weniger intensiv.

Ihre Beziehung war stehen geblieben, als wäre eine Entwicklungslinie unterbrochen worden. War es anders, weil es immer gleichblieb? Ihr Verhältnis zueinander war nicht gegen die Wand gefahren, keineswegs. Es bewegte sich nur nicht mehr, wie bei einem Fahrzeug ohne Antrieb. Keine Tankstelle und auch keine Werkstätte waren in Sicht. Könnten sie sich dort einrichten, wo sie stehengeblieben waren? Wäre das möglich? Der Ort war vertraut, auch gemütlich. Warum nicht? Adam könnte das schon gefallen, aber Evas Entwicklung wäre auch in diesem Fall blockiert. Da könnte er ebenso das tun, was sich Eva so sehr wünschte. Das Ergebnis, das Gefühl falsch zu handeln, bliebe in beiden Fällen bestehen. Dieser Ort wäre für sie beide kein gemütlicher Verbleib.

Lange Zeit wäre dieser Ort für Eva erstrebenswert gewesen, doch nun war es auch für sie kein Platz mehr, um zu bleiben. Mit diesem Mann wollte sie mehr, doch war dies nicht erreichbar. Dieser Zwischenhalt, an dem sie jetzt angekommen waren, war eine Endstation. Sie konnte mit ihrer Liebe nicht weiterkommen.

Sie könnten doch so glücklich sein. Wollte er mit ihr deshalb nicht Zusammensein, weil das wegen seines Alters nicht so lange andauern konnte, wie bei anderen Paaren? Ihr wäre das doch egal. Sie kannte viele Paare, die nach kurzer Zeit auseinandergingen und trotzdem zuvor miteinander glücklich waren. Eine Liebesbeziehung konnte man ohnehin nicht auf ewig anlegen, ob da ein großer Unterschied im Alter vorlag, oder nicht.

Evas Herz brach nicht. Ein Herz kann viel ertragen. Es flossen jedoch viele Tränen und so manche Mahlzeit fiel aus. Der Schlaf war das eine Mal eine Erlösung, dann wieder Geburtsort unerfüllbarer Sehnsüchte. Sie öffnete sich wieder neuen Kontakten. Die Beziehung mit Adam hatte ihre Interessen beinahe vollständig ausgefüllt, doch jetzt war es wieder möglich geworden, mehr ihrer Freizeit mit anderen Menschen zu verbringen. In der Zeit mit Adam hatte sie die Kunststudenten kennengelernt, die sie auch ohne ihn wiederholt freundlich in ihren Kreis aufnahmen. Manchmal wurde sie auf eines ihrer Feste eingeladen. Auf einer dieser Partys kam sie mit einem jungen Mann ins Gespräch, der ein paar Jahre älter war als sie. Er hieß David. Sie wurde auf ihn neugierig, wollte ihn näher kennenlernen, dann noch näher. Er wollte das auch. Manches Mal vergaß sie Adam anzurufen, seltener wurde dieser aktiv.

Adam litt nicht unter dem versickernden Ende dieser Beziehung, die für ihn so ungewöhnlich und belebend gewesen war. Er hatte richtig gehandelt. Es war zu erwarten gewesen, dass Eva einen anderen Mann kennenlernen würde, mit dem sie hoffentlich glücklich werden konnte. Die Tatsache, dass es sein Neffe war, irritierte ihn erst, aber als klar wurde, dass sie mit ihm ihre Wünsche und Sehnsüchte leben konnte, erleichterte ihm dies den völligen Rückzug. Er mied den Botanischen Garten, suchte und fand einen anderen geeigneten Platz an einem Badesee mit mehreren Sitzbänken und einem Gasthaus, das über eine große Terrasse verfügte. Unter alten Kastanienbäumen saß er dann, trank seinen Kaffee und aß manchmal sein Mittagsmahl. Dieser Ort war belebter, als es "sein" Botanischer Garten gewesen war, aber für die Situation passend.

Eva hatte ihre Reise ohne ihn fortgesetzt. Aus seinem Abstand betrachtet, verläuft diese Reise in guten Bahnen. Von seiner Seite her sind keine Sorgen angebracht. Adams Weg hatte ihn während der letzten Jahre wieder in ruhige Gewässer und zu abstrakteren Formen der Liebe geführt. Er pflegte behutsam sein Archiv und seine Bibliothek. Als Aufregungen blieben die Veranstaltungen der Kunststudenten und die Neugierde auf das Erscheinen neuer Bücher.

Adams Schwester informierte ihn über die Entwicklungen im Familienleben. Er entwickelte ein Repertoire an Ausreden für seine Abwesenheiten bei Familientreffen. Als er von Anna hörte, dass Eva im Karenzurlaub war, besuchte er wieder den Botanischen Garten, aber seltener als zuvor. Er war ihm nicht mehr vertraut.

Denkt Adam heute an die Zeit auf der kroatischen Insel zurück, kann er nicht glauben, dass sie dort nur eine Woche verbracht hatten, so bedeutsam blieb ihm dieser Urlaub in der Erinnerung haften, so nachhaltig blieben seine Gefühle, an die dort mit Eva verbrachte Zeit. Stellt er sich die Frage, ob er damals richtig gehandelt hat, kann er das im Eindruck des heutigen Besuches eindeutig bejahen.

Als sie im Anschluss an die Kroatienreise nach Hause kamen, las Adam Klein den Roman "Das Reich von dieser Welt" von Alejo Carpentier. Dort heißt es, dass der Mensch immer ein Glück ersehnt, das über den gewährten Teil hinaus reicht. Wer soll das sein, der ihm etwas gewährt. Adam Klein gehört keiner Religionsgemeinschaft an und glaubt auch sonst an kein höheres Wesen, nicht einmal an einen übergeordneten Sinn des Lebens, an keine Transzendenz der menschlichen Existenz. Er kann sein persönliches Glück nur aus der Summe seiner eigenen Moralvorstellungen und ethischen Grundsätzen entwickeln. Jedenfalls solange seine Umwelt diese Autonomie zulässt. Er ist Täter und Opfer in einem. Immer führt Dürfen und Können in die Entscheidungsgewalt seiner selbst. Er kann sich auf niemanden hinausreden.

War dies eine Folge des Altersunterschiedes zwischen Eva und ihm, dass sie mehr wollte, als sie kriegen konnte? Sie musste mehr wollen, als sie von selbst bekam. Sie hatte noch so viel Leben vor sich. Ist es nicht der Motor jeglicher Entwicklung, dass der Mensch mehr will, als er ohnehin bekommt. Es ist das Privileg und die Aufgabe der Jugend, zu suchen, zu versuchen und zu begehren. Adam hingegen konnte die Gefahr sehen, die darin bestand, ein zu großes Wagnis einzugehen. Wenn das Reich nicht von dieser Welt, das Ziel des menschlichen Handelns nicht die Belohnung in einem wie immer gestalteten Jenseits ist, dann muss der Mensch das bestehende Leben verbessern wollen, so jedenfalls schreibt Carpentier in seinem Roman. Das ist für Adam nachvollziehbar. In seinem Leben hatte er diese Herausforderung wiederholt angenommen und war in all seinem fehlbaren und unzulänglichem Menschsein fähig geblieben, andere Menschen zu lieben. Dieser Aufgabe war er nicht immer gerne und auch wiederholt erfolglos nachgekommen, doch half ihm dann die Formulierung eines kleinen Bruders dieses großen Anliegens, nämlich zumindest nicht zur Verschlechterung der Lebensverhältnisse anderer Menschen beizutragen.

Er ist kein schwerer Stein in dem Rucksack geworden, den das Leben für Eva zusammengepackt hat. Gerne erinnert er sich an sein Begehren, das ihm in der Zeit seines Zusammenseins mit Eva sein Leben bereichert hatte. Froh macht ihn, dass er nicht der Gier nachgegeben hatte, denn die Gier trägt die Gewalt der Zerstörung in sich. Adam ist sich über den Ursprung seiner Erinnerung an den alten arabischen Begriff 'Harese' nicht ganz im Klaren und vermutet ihn bei Heraklit. Harese bedeutet in dieser Tradition eine gierige Unruhe, Habgier. In den Wüstengebieten des Ostens ist das Kamel in seiner Genügsamkeit und Ausdauer ein wertvolles Tier. Doch gibt es in der Wüste eine Distel, nach der es unkontrolliert gierig ist. So es sie sieht, muss es diese abreißen und auf ihr kauen, obwohl die Dornen dieser Distel sein Maul blutig aufreißen. Das Kamel berauscht sich am Geschmack der Mischung aus der Distel und seinem eigenen, salzigen Blut. Wenn es dem menschlichen Begleiter nicht gelingt, das Kamel rechtzeitig von dieser Distel wegzutreiben, verblutet das Tier. Das ist Harese, die Gier, die selbst vor der eigenen Zerstörung nicht Halt macht. Er hat keiner Gier nachgegeben, doch befällt ihn große Sehnsucht, wenn er bedenkt, dass er der Mann in Evas Leben hätte werden können.

Der Besuch bei Eva Gschwandtner und ihrer Familie hinterlässt ihm den Eindruck, richtig gehandelt zu haben. Der Schmerz, den er ihr durch seine Zurückhaltung zufügte und die Entbehrung, die er sich damit auch selbst aufbürdete, scheinen gerechtfertigt. Mit Neugierde sieht er einem neuen Abschnitt entgegen. In einer veränderten Form war eine neue Beziehung zu Eva und ihrer Familie zu finden. Heute sind sie einen Schritt gegangen, der Vieles möglich erscheinen lässt. Kommt jetzt eine neue Familie in sein Leben, mit einer bewegten Vorgeschichte und der Möglichkeit einer ruhigeren gemeinsamen Zukunft?

Geboren 1952 in St. Johann im Pongau, lebt und arbeitet Gerhard Steinlechner seit 1966 in Salzburg. Studium der Psychologie, Pädagogik, Philosophie, Musik. Vierzig Jahre lang Arbeit als Bewährungshelfer und Klinischer Psychologe. Verschiedene fachspezifische Veröffentlichungen. Redakteur der Zeitschrift "Sozialarbeit und Bewährungshilfe". Literarische Veröffentlichungen: "Ernsts Fall". Roman. 2014. "Kapitelplatz. Ein Heimatroman". Roman. 2015. "Mundartdialoge". 2015, 2016.

Trotz verschiedener Interessen und unterschiedlicher Lebenssituationen entsteht zwischen Eva Brandner und Adam Klein eine freundschaftliche Neugierde, die an Dynamik gewinnt, als sich eine erotische Komponente in ihre Beziehung mischt und ihre Macht zu entfalten beginnt. Eine Geschichte voller Verlangen und einem unerwarteten Ende.